JN194272

# イモムシ偏愛記

吉野万理子
Mariko Yoshino

光文社

# イモムシ偏愛記

装画　新目 恵
装丁　bookwall

# 四月

わたしはその家の前に立った。

ついに来られた。半年間憧れて、でもお近づきになれる機会はないと思っていた。相手がチャンスをくれるとは意外だった。

こちらの住宅地に引っ越す前から、この豪邸の家主と大喧嘩をした母を恨んだ。その娘であることは絶対に内緒だ。いや、名字で気づかれるかもしれないけれど、その場合は、母と娘は違うのだということを懸命にアピールするつもりだった。

お屋敷のエントランスというのはこうあるべき、というお手本のような門構えに見入ってしまい、しばし呼び鈴を押すのを忘れる。

目の前には、装飾を施された黒いフェンスがある。それをぐるりと囲むように、御影石《みかげいし》で造られた塀がそびえている。わたしの背よりもはるかに高い。

フェンスから中を見ると、大きな木が左右に三本ずつ並び、葉を茂らせている。その向こうにお屋敷があった。

白い壁の二階建てで、大きな窓が三つ見える。いずれも濃い緑色の雨戸がついていた。

立派ではあるけれど築何十年だろう。だいぶ古そうだ。半年前に建ったばかりのわたしの家には、雨戸なんてない。

それでも、俳優の簑島隆三《みのしまりゅうぞう》が自らデザインした洋館だと聞くと、すべてが風流に見えてくる。

簑島隆三は、二年半前に亡くなった。昭和を代表する銀幕スターの訃報に、世間は大騒ぎだったらしい。わたしは当時、中学受験の準備に忙しい小学六年生だったので覚えていない。

ではなぜ知っているのかというと、昨晩、父のパソコンを借りて、予習しておいたのだ。できれば、この住宅地の入口にある簑島隆三記念館を訪問しておけばよかったのかもしれないが、出入りしているのは遠方から来た観光客ばかりで、しかもみんなお年寄りで、どうも入りづらくてやめてしまった。門灯とインターフォンの中間に「簑島」と彫られたプレートが埋め込まれている。文字は銀色に見えるが、もとは金色だったのかもしれない。

実は、引っ越してきたばかりの頃、この道路を一度だけ歩いたことがある。簑島邸の敷地はいったい何百坪あるのか、あきれるほどに広い。途中からは塀が途切れて緑のフェンスになるのだが、その向こうには木々が無造作に生い茂っていた。敷地が広すぎて、隅々まで手入れするのは不可能のようだ。小鳥が枝から枝へ飛び、台湾リスがチャッと幹を駆け上っていくのが見えた。

北側の斜面は、隣のこれまた広大な、昭和の元政治家のお屋敷と接しているので、一周するのは無理で、その全貌を知ることはできなかった。

広い丘陵地を切り開いたこの住宅地には格差があるのだ。

明治時代に造成され、最低でも一軒三百坪の別荘が並んでいた丘の上のこのエリアは、広い公園の名前を取って、「朝日が丘」と呼ばれている。そして、わたしの家がある丘の下、昭和もしくは平成になってから造成された駅近エリアは「夕日が丘」だ。

上と下をつなぐ道路は何本もあって、行き来は自由だが、境界には見えない線が引かれていて、夕日が丘の人はめったに朝日が丘の人と交流を持つことができない。

なのにわたしは、招待されたのだ。

日頃の行いがいいから。あの日の行いがよかったから。ささやかなお手伝いのご褒美に。

下心を見抜かれてはいけない。

とにかく好感度を上げなくては。また遊びにいらっしゃいね、という言葉を引き出さなくては。

インターフォンを鳴らした。

招待してくれたのは、先日スーパーで会った女性、簑島嘉世子《かよこ》。つまり、簑島隆三の奥さんだ。年は六十歳か七十歳か八十歳。わたしには、お年寄りの年齢がよくわからない。

年配の人は、白髪で毛量も少ないという印象があるけれど、この人は濃い茶色の髪が、うらやましいほどに多くて、肩上のボブヘアがふわっと盛り上がっていた。

うらやましいと思った理由は、わたしの髪はペタッとしているから。一昨日十五歳になったばかりなのに、薄毛の心配をしている。友達の加藤風美花《かとうふみか》は、髪の量が少なくたって、つやつやで天使の輪ができているからいいじゃない？　となぐさめてくれるのだが。

なかなか応答がない。もう一度インターフォンを押そうとしたその瞬間、わたしの人差し指のすぐ先から声が流れてきた。

「はい、ああ、こんにちは」

カメラでこちらを確認済みのようだ。それでも、一応名乗った。

「新巻凪《あらまきなぎ》です。こんにちは」

「ちょっと待ってね」

「はい」

左手に紙袋を持っていることを確認する。母が持たせてくれた和菓子が入っている。二千二百円の水羊羹だ。もうワンサイズ大きい三千五百円の箱にするべきだったのではないか。

玄関の扉が開いた。そして、簑島さんがスニーカーを中途半端に履いた状態で出てきた。

凝視すると失礼だぞと自分を戒めながら、すばやく観察した。前回、駅前のスーパーで会ったときは、グレーのロングワンピースに黒真珠をじゃらりとかけて、白いコートを羽織っていた。

それが、今日はあまりにも印象が違う。紫色の長めのセーターに、下は紺色のスキニージーンズ。これから軽くウォーキングに付き合ってと言われてもおかしくない服装だ。

「どうぞ、入って」

フェンスを開けてくれた簑島さんに、わたしは礼儀正しく頭を下げた。

「おじゃまします」

門から扉までレンガが敷かれている。玄関のドアの上方、雨除けの部分がアーチ形になっているのがおしゃれだ。

まずここから風美花に報告しなくてはと思い、光景を頭に刻んだ。風美花は、この春、中学三年になってから隣の席に座っている同級生なのだが、遡《さかのぼ》れば中学に入学したときからの友達で、一番の絆は「簑島光《ひかる》」だった。

簑島光のおばーちゃんの家の近所に、たまたまだけど引っ越したかいがあったよ。ついに潜入できた！　知り合いになれた！　半年前までは想像もしていなかった……。

そんな朗報を伝えることができたなら、退屈に満ちている学校生活も少しは、きらきら輝き始めるだろう。

玄関に入った。吹き抜けの天井には、クリスタルガラスのシャンデリアがつるされている。イメージにぴったりだ。もっとも階段はごく普通にまっすぐ延びていた。螺旋《らせん》階段だったら、なおよかったのに。

見上げていたら、意外な指示が飛んだ。

「靴を持って入ってちょうだい」

「は」

「八重桜のお花見に来てもらったわけだから。庭の奥の方にあるから、そっちのテラスから出ていこうと思うのよ」

「はい」

言われたとおり、革靴を手に持った。これは学校に履いて行っているものだ。

「あら、革靴なのね。朝方まで雨が降ってたから、地面が少しぬかるんでるかも」

とがめるように簑島さんが言う。

「あ、汚れても大丈夫です」

ほぼ初対面の、いかにも気難しげなおばあさんの家へお邪魔するのに、スニーカーではダメだろうと当然思うではないか。

簑島さんは、シューズクローゼットを全開にして、何やらにらんでいる。そしておもむろに手を突っ込んだ。

「これ、サイズが合いそうなら、お貸しするわよ」

黒いスニーカーだ。

「え」

「ああ、人のお古なんてイヤかしらねえ。しかも汗臭い男の子の。サイズが小さくなったから履かなくなったの。もちろん洗ったのよ。最後に使ったときから。それでもイヤかしらね」

ええ、もちろんイヤです。そもそもわたしは女子校に通い始めて三年目。男子の鉛筆や消しゴムを借りるシチュエーションすら、もはや想像できないのに、スニーカーはいきなりハードルが高すぎます。

と、断ろうとしてそのすべての言葉を喉の奥に押し戻した。

「あっ」

「どうしたの」

「えっと……」

もしかしてこれは簑島光くんのものでしょうか⁉　だったら頬ずりしたいくらいです。履かせていただけるなら身に余る光栄。

身体のなかで血が炭酸水みたいに躍ってしまう。落ち着かなくては。自分の普段着の声がどんな感じだったか、探りながら慎重に言う。

「やっぱりお借りしていいでしょうか」

孫は何人もいるのかもしれない。光ではなく別の男子の可能性もある。もしそうだとしたら、履きたくない。それでもわたしは手を伸ばして受け取った。これはギャンブルだ。

「もしかして」

わたしをじっと覗き込む目。力強くて、この距離で視線を合わせる自信はない。視界の端っこに映るこの人をちらちら観察する。簑島さんはアゴが少し反っているのだ。それが威圧感の大きな要素と思われた。

「あなた、知り合いなのかしら。うちの孫は簑島光っていうの」

一瞬、頭が数パターンの返事を創作したが、それらをすばやく排除した。

この人に、嘘は危険だ。

「簑島光さんは、わたしたちの年代だと有名人で。知り合いじゃないんですけど、こっちは知ってます。『NEW LEAVES』のメンバーですよね」

まだ本格デビューしていない、若手の男子たちが組んでいるユニットだ。「NEW LEAVES」とはすなわち新葉、若葉である。でも、既にファンは全国に大勢いて、歌手活動スタートも時間の問題と言われている。

「そうそう。やっぱり知ってるのね。アイドルってなんなのかしらね。男の子が歌ってダンスするとか、わたしにはあんまりよくわからないから、光が遊びに来ても、あんまりそういう話はしないのよ」

簑島さんは先に立って歩いていく。

やっぱりヒカルはここに遊びに来るんですか！　心のなかで叫びながら、わたしは静かに追いかける。

吹き抜けを通り抜けて、曇りガラスの戸の先に足を踏み入れた。

「わ、きれい。明るい」

月並み過ぎる感想に、自分で自分の鼻をつまみたくなる。

でも、本当にきれいで明るかった。広いリビングは青いじゅうたんが敷かれていて、革張りのソファが存在感を示し、奥にはアップライトピアノがあった。その横には飾り棚。たくさんのトロフィーが置かれている。簑島隆三のものだろうか。

突き当たりには大きなガラスのスライドドアがあって、そこからテラスに出られるようになっている。

「ここ、よくいらっしゃるんですか。簑島光さん」

風美花と話すときは「ヒカル」と呼び捨てにしているから、絶対その癖が出ないようにと身構えてしまって、なぜか毎回フルネームになってしまう。

「意外としょっちゅう来るのよ」

「へえ」

抑揚のない声を発するのに苦労する。

「あの子も有名人になりかかってるんでしょ。だからここの庭に来ると、リラックスできるみたい。血かしらね。主人と同じ。あの人も仕事がないときはあまり出歩かず、いつも庭にいたわねえ」

正直、簑島隆三氏の話はどうでもいいと思ってしまう。それよりヒカルだ、ヒカルの話をくれ。

という態度はみじんも出さず、わたしはそのまま嘉世子さんについて、スライドドアから庭に出た。

スニーカーを履く。

ヒカルの履いていたものがわたしの足に。

汚してしまったから洗ってまた持ってきます。と言ったら、バレバレだろうか。他のスニーカーと差し替えて、これを自分のものにしてしまったら、犯罪だろうか。

妄想が行き過ぎた。わたしは庭を見渡した。

「きれいですねえ」

本当に「きれい」で合っているのか？

庭は無秩序とも言えた。正面にチューリップ、あと、あちこちに小さなスミレが咲いている。それ以外は名前がわからない。いろんな花がばらばらに咲いていて、急に吹いてきた南風に揺られて、順繰りに頭を下げている。曇天だからか、花の色はどれも鈍い中間色に見えた。

「ありがとう。自己満足なんだけどね。イングリッシュガーデンなの」

簑島さんがにんまりと笑い、アゴが少し突き出た。

なるほど。「きれい」で合っていた。

「お見せするって言ってた、八重桜はこっちなの」

イングリッシュガーデンを、簑島さんはまっすぐ突っ切った。その先はさらに秩序のない林になっている。

「これと、それと、そこの木が桜ね。大島桜。咲くのが早くてもう終わっちゃったんだけれどね。ソメイヨシノはそこね」

うう。と、うめきたいのを我慢して、なるべく目を伏せて歩く。

桜の木はどうも怖いのだ。花が咲き終わるといっせいに毛虫がうごめきだす気がして。桜にもいろんな種類があるのですね、などと話を広げる気になれない。

　さらに、名前のわからない木が次々と現れる。こぢんまりしたものも多いが、とんでもなく丈の高いものもある。わたしの身長の五倍はある大木も。

　うちの庭には、木がたった一本しかない。母が大の虫嫌いなので、草花をほとんど植えなかったのだ。リビングの外が、オープンデッキになっているのだが、その先がわずかな芝生になっているだけだ。

　そしてたった一本の木は、玄関から少し離れたところにあるヤマモモだった。ちなみに、母がその木を選んだのは、常緑樹だから秋に落ち葉を掃除する必要もないし、虫もあまりつかないみたいだからだそうだ。

　よってこんな巨大な木を見ると圧倒されるとともに、虫がいないかと、見えない気配におののいてしまう。

　そんなふうに、わたしの足が鈍りがちなことに気づかず、嘉世子さんはさっさと進む。こういうのをけもの道というのだろうか、木と木の間を抜けて、斜面を下っていく。

　どこか山のなかに紛れ込んでしまったんじゃなくて、人んちの庭なんですよね。頭のなかで確認しながら追う。

　振り返ると、もうお屋敷は見えなくなっていた。

　敷地面積は何百坪などというものではないのかもしれない。千坪を超える？

　小さな緑色の虫が、ひゃんひゃんとはねているのを見ないようにする。バッタだろうか。

「ほら、ここ」

手招きされて、わたしは小走りに追いついた。

八重桜が一本、ピンク色の花を密度濃くあふれさせるようにして咲いていた。

「ああ、きれいですねえ」

言いながら思う。

これだけか。大したことはない。

スーパーでちょっとした人助けをしたとき、「お礼によかったらうちにお花見にいらっしゃらない？　八重桜がそろそろ満開なの」と言われた。

たしかに満開だ。でも、たった一本だ。

わざわざお花見に行くとき、桜並木や、桜だらけの公園や、とにかくたくさんの木々が出迎えてくれるところを選ばないか？　もちろん一本だけでもかまわない。けれどその場合、樹齢何百年の名物桜ではないか？　もちろん人の家の庭なのだから、そこまで立派なものでなくていいけれど……物足りない。

うっとり見上げているふりをしながらモヤモヤしているが、簑島さんは本気でうっとりしている模様だ。

「いつも必ず、ずれて咲くのよねえ。ソメイヨシノと大島桜が散ってから、八重桜が咲くの。気温も天気も毎年違うのに、どうして桜の木は自分の順番を知るのかしらね」

わたしは上の空だった。

とにかくこれで、お花見は終わりだということに気づいたのだ。斜面を上って建物に到着したら、すぐにさよならかもしれない。戦略を練ろう。どうやったらこの庭にまた遊びに来るチャンスをもらえるのか。

やはり「スニーカーを洗って返します作戦」が妥当だろうか、と思って、スニーカーを見たら、なんと泥がまったくついていなかった。ぬかるんでなかったじゃん！

友達との会話に困ったら、とりあえず相手のいいところを一つ言ってみましょう。小学校時代の担任の先生がそう言っていたのを、不意に思い出した。

「気持ちのいい雑木林ですねえ。吹いてくる風が緑色に見えます」

簑島さんをいきなり持ち上げるのも不自然なので、雑木林を持ち上げてみる。

「あら、自然が好きなのね？　驚いた」

「え、嫌いに見えます？」

「だって、新巻さんちのお嬢さんでしょう？　お母さまに似て、あなたもそうかと思ったの」

動揺のあまり、ふぁぁと息を吸い過ぎて苦しくなる。

「いや、えーと、その節はあの」

やはり気づかれていたか。当然か。新巻という名字はそう多いわけではない。

トラブルが起きたのは、うちの家を建築し始めたときだった。敷地いっぱいに建てることにしたので、庭がほとんどない。それはこの住宅地にふさわしくないのではないか、というクレームが、住宅建設会社に入ったのだ。文句を言ってきたその人が、簑島嘉世子さんだった。

そんなことを隣近所でもない、離れた家の人に言われる筋合いはない。母は厳しくはねつけた。もう少し穏やかに言えばよかったのに、母は怒りだすと、言葉のチョイスが雑になる。最初は建築士を介してやりとりしていたけれど、一度直接会ったらしい。わたしは立ち会っていなかったものの、さぞ辛辣《しんらつ》なことを母は言ったのだろうな、と想像がつく。

「たしかに、うちはあんまり自然に親しんでる感じじゃないですけど」

「ほほ、親御さんの影響はやっぱり受けるものね。だからいいのよ、無理しなくて」

「あ、いえ！　わたしは違います。ここのお花もきれいだなって思いますし。また見せていただけたら嬉しいなって」

いい流れで言えた。

また見せていただけたら嬉しい、に社交辞令以上のものを感じてもらえたらありがたいのだが。

三センチほどの白い蝶が目の前をひらひらと飛んでいくのを見送る。小さい頃、幼馴染の男子が公園で蝶を指でつまんでいるのを見て、マネしたことがある。鱗粉がいっぱい指について気持ち悪かった。でも、遠くで見る分には許せる。

「まあ、そうなの？　この庭には四季折々の花が咲くのよ」

そうでしょうね。雑木林を見ながら、わたしはうなずく。いったい何種類の植物が生えているのだろう。

「でも、お嬢さんは――えーっとどう呼んだらいいのかしら。『新巻さん』だと、お母さんと話してるみたいだわ」

新巻という名字がすっかり嫌いになっちゃったんですね。

「よかったら下の名前で。凪と言います」

「凪さん。穏やかで素敵なお名前ね。じゃあ、わたしは嘉世子って呼んでくださいね」

ふふっと笑っているので冗談のつもりだったのかもしれないけれど、わたしは即座に飛びついた。

「じゃあ、お言葉に甘えて嘉世子さんって呼ばせていただきます」

わたしにとって簑島という名字は、ヒカルを意味してきたので、さっきからややこしいと思っていたのだ。

「凪さん、でもお忙しいんでしょ？　学校の部活とか」

「いいえ、意外とヒマなんです。部活はやめてしまったし」

「あら」

「去年、体を壊して」

もっと複雑な事情があったのだが、そう説明した。

「じゃあ、もしかして……いえ、ダメだと思うけれど、ちょうど人を探していてね」

「えっ？」

「面倒を見たり、お手入れしたり、水や栄養をあげたり、写真を撮ったり、そういうお手伝いをしてくれる人を探していたの」

「あ！　そうなんですか」

植物は、虫さえついていなければ大丈夫だ。写真を撮るのは、少なくともまったく苦にはならない。自分用のデジタルカメラも持っているし。

「もちろん、ボランティアなんかじゃ悪いから。アルバイトとしてね。ああ、中学生だと『アルバイト』じゃまずいのかしら。でも『お駄賃』という言い方だったら、きっといいのよね？」

最高ではないか。定期的にこの家に出入りする資格を得ることができるならば。さらにお金をもらえたら、「NEW LEAVES」がどこかでイベントをやるときに訪ねていける。今度、事務所の大きなライブにも出演することになっていて、五月の初めに、抽選に申し込む予定だ。

話に乗っかろうとする自分を、なんとか理性が押しとどめた。お金をもらうのは良くない。

「いえ、それは。そういうのは」

「後でゆっくりお話ししましょ。じゃあ、どんな仕事かお教えするわね」

嘉世子さんは来た道を戻り始めた。そこそこ傾斜のある斜面を、軽々と上っていく。わたしの方が息切れしかかっている。

あのイングリッシュガーデンがメインの仕事場になるのだろうか。

そう思っていたら、そこはまっすぐ突っ切って、途中で嘉世子さんは振り返った。

「こっちこっちー」

なぜだかはしゃいでいるように見えた。

「はーい」

わたしも合わせて、テンションを上げてついていく。

「え、あ、こんな建物が」

イングリッシュガーデンに気を取られていたせいで、さっきは目に入らなかった。白亜のお屋敷の他に、木立に隠れて別の建物があったのだ。お屋敷が二階建てなのに対し、こちらは平屋だ。

「ええ、ここはね、離れなの。正確には主人が親のために建てた最初の家ね。だからもう古いの」

さすがだ。簑島隆三、親孝行ではないか。

建物の脇を見ると、屋根のついた通路がある。これが母屋のお屋敷と離れをつなぐ道らしい。

「こういうの、素敵ですよねー」

「あらそう？」

「隠れ家っぽくて」

「そうね。新しい洋風の家を建てた後、雰囲気が合わないから、こちらは取り壊そうっていう話もあったんだけど、主人にとっては親の想い出もあるわけでね。居心地がよかったみたい。ここでよく台本を読んでたわね」

「今は何に使われているんですか？」

そう聞いたときには、もう離れの入口まで来ていた。鍵をかけていないようで、彼女が引き戸を横に引くと、カラカラと小さな音を立てて開いた。こちらは、和風建築とまではいかないけれど、母屋とは違って外壁もベージュだし、引き戸の内側もごく普通の大きさの玄関だ。グレーのカーペットが敷かれていて、廊下には左右に計三つのドアがある。

「ここが主な作業場になるわね」

「作業場」

植物の手入れをするのは屋外かと思っていた。室内でやれるならなお助かる。今日は暖かいけれど、四月のこの時期、まだまだ寒い日も多いし、これから夏に向かっていけば、炎天下での仕事はつらい。

嘉世子さんに続いて、わたしはスニーカーを脱いだ。紐をそっとなでる。ヒカルのシューズ。

一番手前のドアを、嘉世子さんは開けた。

「これ。ほら見て。かわいいでしょ」

観葉植物が並んでいるのだろうか、と思いながら部屋に入る。

そういえばわたしはほとんど草木の名前を知らない。あきれられるかもしれないけれど、知ったかぶりするよりも、素直に聞いて覚えていく方がきっといい。

「それ、なんですか〜」

さっそく尋ねてみた。

嘉世子さんは、木製のテーブルの上に三つほど並んでいるプラスチック容器の一つを取った。スーパーでカットフルーツやお惣菜などが入っている、ああいう器だ。

緑色の葉が見えたので、もしかして苔《こけ》でも育てているのかなぁ、と思ってさらに覗いたら、

「はい」

と手渡された。

「え、何これ」

葉っぱしか見えない。裏側に何かあるのかと容器を高々と上げながら、下から覗き込みかけて、

「きゃぁぁぁー」

わたしは悲鳴を上げて、後ずさりした。

友達と会話して、驚いたときに、うるさすぎないように、でも盛り上がってる気持ちを伝えるために、「きゃぁぁ」の音量を調節するけれど、そういう余裕のある悲鳴ではない。

今のは本気の「きゃぁぁぁー」だった。

プラスチック容器をわたしは投げ出したような気がしていたが、運よく、テーブルの上に転がったみたいだ。たまたまその付近で手がリリースしたらしい。

「これ、これって、虫……」

「そうよ、イモムシちゃん」

「え」

「これはね、モンシロチョウの幼虫ね。白い小さな蝶、さっきも飛んでいたでしょ。その子どもよ」

「そんなものがなんで家にいるんですか」

「庭から取ってきてホームステイさせてるの」

「無理無理無理無理」

「理由はいくつかあってね。外敵に狙われることってあるのよね。このあたりの菜の花にはモンシロチョウの幼虫がいるって、ハチが気づいて、何度も何度も襲撃しに来る、みたいな。そういう避けられない敵から守るため。あとは観察ね。いろいろ育ててると勉強になるから」

「その勉強……わたしはいらないです」

「やっぱり苦手？」

「そ、そりゃあ……イモムシを得意な人なんて、普通あんまりいないと思います」

「じゃあ、お世話なんてもちろんできないわね」

さっきの仕事のオファーを思い出す。

面倒を見たり、お手入れしたり、水や栄養をあげたり、写真を撮ったり。

あれは、植物のことではなくてイモムシのことだったのか！

「む、無理です。すいません」

わたしはさらに後ずさりして、そのままドアを出た。くるりと向きを変えて、玄関へ急ぐ。引き止められないうちに出ていかなくては。

しゃがみかけたときに、目に入ったのはスニーカーだった。ヒカルが履いていたもの。そうだ、ヒカルだ。どんなことにも耐える価値はあるのではないだろうか。いつか会えるなら。いや、それにも限度がある。無理なものは無理。

スニーカーに右足を伸ばしかけて、そのまま宙ぶらりんの状態で考えていたら、後ろから声が飛んできた。

「なぜあなたはイモムシが苦手だかわかる？」

「へ」

そのままフリーズして考える。徐々に右足が重くなってきて、足をカーペットに置いた。

「理屈じゃないんです。生理的に」

「生理的にどうしてもダメなんてことはない、とわたしは思うのよ。強い拒絶感が思考を停止させているだけで、本当はそこにしっかり理由がある」

「うちは母が昔から生きものダメで。でも、わたしは犬とか猫とか見るのは平気だし、鳥もリスも。けどイモムシは――」

「それは、イモムシのことを知らないからじゃない？　あなた、蝶の脚が何本あるか知ってる？」

わたしは、嘉世子さんの方に向きなおった。背後の廊下はすべてドアが閉まっているせいで薄暗くて、彼女が地獄の入口で仁王立ちになっている鬼に見える。金棒のかわりに、プラスチック容器を手にしている。

けれど、その鬼にも舐められたくはない。虫の脚の数なら小学校の教科書に出ている。

「六本です」

「じゃあ、イモムシの脚は何本？」

「え」

六本……ではない。さっき見たとき、もっと脚の数が多かった。

「教えてあげるわね」

彼女はプラスチック容器の蓋を開けた。そして、葉っぱを取り出し、葉裏をこちらに向けた。

「う」

緑色のイモムシがくっついている。さっきはちらっと見た程度なのだが、今は凝視せざるを得ない。

胴体に点々と黄色いドットがついていることに初めて気づいた。けれど脚の数はわからない。

「十六本よ」

「はぁ」

「イモムシの長い体の、前に六本あるの。これがそのまま成虫になったときの六本の脚になるわけ」

さらに一歩、彼女は踏み出してきた。イモムシを再び手渡されそうで怖い。

たたきに逃げたいが、ヒカルのスニーカーを無造作に踏みつぶしたくなくて、わたしは立ち尽くす。

「でも長い体を六本の脚では支えきれない。だから、助けるための脚が幼虫のときだけ十本あるの。

長い体の移動をサポートする脚なのよ」

「え」

それって……ちょっと面白いですね。

思わずそう口走りそうになる。言わないけれど。

「だから合わせて十六本。ほら見てごらんなさい。数えたらすぐわかる」

葉を横にすると、イモムシの脚が見えた。前に三本、後ろに五本。二本ずつ並んでいるから、倍にすると、前に六本、後ろに十本。

「なんか……グミみたい」

「何のことよ」

嘉世子さんに、威圧的に問われて、そっと後ろの十本を指さした。

前の細い脚に比べて、後ろの脚は、ぷにっと太い。よちよち歩いて、胴体をなんとか支えている感じだ。

「ね、かわいいでしょう」

「うーん……」

「蝶によって、イモムシの大きさも模様も違うのよ。キタキチョウなんてね、この緑の胴体に、白いラインがしゅっと走ってるの。スタイリッシュでしょ」

「は」

スタイリッシュという言葉をイモムシに使うのか、この人は。

かわいくない。ちっともかわいくない。

「うちの孫もね、イモムシが大好きでね」

「え」

「雑木林でイモムシ見つけて、これどんな成虫になるか知りたいから育てて、って頼まれることも多いの」

そうなんですか。

もしもヒカルがわたしにそうやって依頼してくれたなら……。

緑色のイモムシを見る。かわいくはない。けれど、怖いかと言われたら、なぜだか先ほどよりは怖くない。

おまえの正体は知っているから。モンシロチョウという白い小さな蝶の幼虫で、脚は十六本あるのだ。

「モンシロチョウはアブラナ科の植物を食べるのよ。今度、どこに生えているか教えるわね。じゃあ、来週の日曜日にいらっしゃる？　それとも再来週？」

いつの間にか二択になっていた。

「どうだった？　簑島さんちは。ずいぶん長い時間いたのねえ」

帰宅すると、母がさっそく聞いてきた。食卓の上には、名簿が散らばっている。高校の同窓会役員を引き受けたんだそうだ。

「うん、お庭がめっちゃ広くて」

わたしは慎重に答えた。虫のことは言わない方がいいだろう。

きゃあーっ、信じられない。わたし、やっぱりあのおばあさん、変人だとわかってたのよ！と叫び出しかねない。まったくフォローできないほどに、たしかに変人なのだけれど。

「そんな広いの？　敷地、うちの何倍くらい」

「十倍じゃ全然きかないと思う」

「そんなわけないでしょ。このうちだって、敷地面積は八十坪あんのよ。それじゃ八百坪になっちゃう」

「超えると思うけど」

「あそこってそんなに大きいの？　まあもしかしてそうかも。だからあのおばあさん、八十坪の土地に家を建てる庶民の気持ちがわかんないのよ」

声がとげとげしくなっている。

「今度、正確な広さを広瀬《ひろせ》さんに聞いとく。最近、自治会館の朗読サークルで副会長を引き受けたおかげで、広瀬さんとずいぶんお近づきになったの。ああ、広瀬さんが会長さんでね、自治会長もやってるのよ」

母は常にアクティブで平日は週二回、医療事務の仕事をやっているのだが、それだけでは全然物足りないらしくて、ハーバリウムという習い事をしている上にいくつもの会のまとめ役を掛け持ちしている。

わたしが体操部に入っていたときも、同学年のママ友とすぐ仲良くなって、あっという間に上級生のママ友にも頼られるようになって、保護者会の取りまとめをやっていた。だから、体操部をやめると言ったとき、同級生よりも母の引きとめの方が激しかったくらいだ。

「また遊びにおいでって言われた。できればちょっとお手伝いしてほしい、って」

「ええっ!?　やめといたら」

「なんで」

「あの人、だって、到底感じいい人とは思えないわよ？」

「この家を建てるときのトラブル？」

「そうそう。うちの土台ができたところで、急に直接文句を言ってきたのよ。宅間《たくま》さんとこに」

宅間さんは、うちを建築してくれた会社の担当者だ。

「それで？」

嘉世子さんの家に出入りするからには、このトラブルの詳細を知っておきたいと思っていたところだ。怒りが再燃してきた母は頼まなくてもしゃべり続けてくれた。

「うちの建蔽率《けんぺいりつ》が、規定を超えてるんじゃないかって簑島さんは言ってきたわけ。余計なお世話よねえ。あらかじめ地域のルールはしっかり把握した建築会社の一級建築士が、しっかり設計図を作ってくれて、何の問題もありません！」

あたかもわたしがクレームをつけてきたかのように、母はこちらをにらんで、フンと鼻を鳴らした。

「この住宅地はね、建蔽率六十パーセント以下なの。うちはぎりぎりにしたの。だって、庭なんていらないじゃない？　木を植えたら、水やりするのも大変。夕方、庭に出たら蚊に刺されるじゃないの。なのにあの人は、『ここの住人には暗黙の了解があって、建蔽率は四十パーセント以下が妥当だ』というわけ。笑っちゃうわよね。そぉんなの昔の話。今は、他に建ててる家、どこも五十パーセント超えてるそうよ。それは自治会に確認したから間違いないわね」

急にあわただしくキッチンに移動して、やかんから湯ざましをコップに注ぎ、母は一気に飲み干した。しゃべり倒して、喉が渇いたようだ。

「いえ、万が一、簑島さんがお隣さんならまだわかるわよ。いろいろアドバイスも聞くべきでしょうよ。でも、はるか上の方の家に住んでる人でしょ？　ここからだとお屋敷の一角がちょっと見えるくらいよ。何か言ってくる権利ないじゃない？　なのにあの人、その後も宅間さんにうるさく言って、設計図を見て、建蔽率のみならず、うちの家の建て方まで文句言ってきたんだから」

「そうなの？」

やっぱりお手伝いはやめておいた方がいいだろうか、と揺らいでしまう。

「うちの二階のベランダ、物干し台置き場にしてるじゃない？」

「ああ、うん」

北側、正確には北東側に小さなベランダがある。わたしの部屋の隣なので、夜、学校から帰ってきて、取り込み忘れた洗濯物をよく室内に運び込んでいる。

「あそこの用途を聞いてきて、洗濯物を干すんだって言ったら、すごい文句言ってきたの。景観を損なう、って。洗濯物っていうのは建物の横、一階に物干し竿たてて、目立たないように干すものだって。笑っちゃうよねー。外に物干し竿。昭和だわー。いまどき新しく建てる家なら、お風呂場を浴室乾燥機にするのがスタンダードでしょ。うちもそうしてるけど、あれ、ガス代がすごくかかるの。だから、急ぎでないときは、北側のベランダに干す。これ合理的じゃない？　南側のオープンデッキは、テーブルとイス置いて、お客様お招きしてお茶とかするんだから、洗濯物なんて干せないもの」

ここまで言葉が猛烈に突っ走る母を、久しぶりに見た。前回は父と口論したときだった。母がこの状態になると、父は黙ってお地蔵さんみたいに固まってしまう。

「正直、気味が悪かったのよー。簑島さんのこと。だって家と家の距離、どのくらい離れてる？　高低差だって五十メートル以上あるわよ。七十メートルかしら。あっちは丘の上で、こっちは下なんだから。なのに、そんな遠くから、人んちの洗濯物を覗くなんて」

「えーと、覗いてはいないんじゃない？　設計図の段階なんだから」

ちょっとだけ嘉世子さん側についてみる。

「でも、結局譲らなくて、この家を建てたから。きっと覗いて、景観を損なうってイライラしてるのよ。だから下着は干せないわよー。タオルやシャツや、そういったものだけ。なんかほんと不便。引っ越す前からケチをつけられた感じね！」

時計をちらっと見て、母は食卓に戻ってきて、名簿の紙類を束ね始めた。

「でも、正直、簑島嘉世子っていうのがどういう人なのか知っていれば、もう少し穏やかに対応したわよねー。それはちょっと失敗した、というか悔しいというか」

「え」

「だって、あの簑島隆三の未亡人だったら、お近づきになれたらいいじゃない、ってちょっとは思うわよ。だから、あなたが気に入られたなら、もちろん悪くはないんだけど、でも、ああいう人だから心配よね」

大丈夫。ヒカルへの愛がある限り、わたしはきっとどんなことにも耐えられるから。などとは、母には決して言わない。

「旦那さんを顔で選ばなかった」と自慢している母は、「ミーハー」や「一目惚れ」を何よりも浅ましいと思っている。

「ああ見えて、独り暮らしで大変みたいだから。わたしが荷物とか運ぶのを手伝ったら、喜んでくれると思う」

わたしはけなげなボランティア少女になりきった。

「ふうん」

母は不満げに口を尖《とが》らせてから、

「ま、いいけど」

と、冷蔵庫から食材を取り出し始めた。


翌週の日曜日。

わたしはゆるやかなカーブを描く道路を、ゆっくり上っていった。振り返ると遠くに相模湾が青く光っている。

今日はイモムシの世話をしなくてはいけないんだろうか。水やエサをあげる仕事だと言われたのを思い出す。どうやって水をあげるんだろう。小さな哺乳瓶をイモムシに差し出す自分を想像した。笑いたい気もするが、気持ち悪くもある。

「なんか、変なことになっちゃったなー」

小声で言ってみた。

スーパーで嘉世子さんを見かけたのは十日前のことだ。学校の帰り、駅前の店でみりんを買うように、母に頼まれていた。うちの学校は、登下校時の寄り道は禁止なのだが、それは学校周辺や繁華街の話で、地元でちょこっとどこかに立ち寄るくらいは許されている。

無事にみりんを見つけてレジを通るとき、わたしは気づいていた。隣の列で会計を先に終えた女性が簑島嘉世子さんだということに。一瞬目が合った気がした。もちろん気のせいだし、事実合ったとしても知り合いではないから声のかけようもない。彼女がまとめ台で荷物を整理しているので通り過ぎようとしたとき、

「あらっ」

という声とともに、チャリンチャリンと小さな音が床をはねていった。

嘉世子さんが小銭入れを落としたのだとすぐ気づいた。彼女はすばやくしゃがんで本体を確保している。

わたしはまず一番大物の五百円玉を捕まえた。それから横の十円玉、二メートルほど転がった百円玉。誰にも取らせまいと、猛烈な勢いで、カエルのごとく跳びはねまくっているのを見て、他の人たちは手を出さずに歩き去った。

「これで……全部かわかりませんけど」

嘉世子さんは、おおげさに喜んでくれた。

「まあ！　ありがとう。世の中、素通りするのがスタンダードよ。立ち止まってわざわざお金を見つけてくださるなんて、本当にありがとうね」

その後で誘われたのだった。うちの八重桜がそろそろ満開だから花見に来ないか、と。

それが、まさかこんなことになるとは思わなかった。イモムシの世話……。ヒカルに会えると信じなければ、やっていられない仕事だ。

坂の上のお屋敷にようやくたどり着いて、インターフォンを鳴らした。

「はいはい、待ってたのよ」

今日も嘉世子さんはスキニージーンズにスニーカーだ。わたしの方も、毎回ヒカルのシューズを借りるわけにはいかないから、去年まで学校で使っていた古い運動靴を履いてきた。少しつま先がきついけれど、まだじゅうぶん使える。

家は通らずに、建物をぐるっと右に回る。角を曲がった先に離れが見えた。

嘉世子さんが顔を近づけてくる。何かと思ったら、

「見せたいものがあるの」

と、耳打ちしてきた。はしゃいでいる。

なんだろう……。わたしはもちろん警戒して、足取り重く離れに入る。

「これこれ。見て！」

この間のプラスチックケースを見せられた。

「あ！」

思わず手に取って、まじまじと見入ってしまった。

「これ、サナギですよね」

「そう！　この間見せたイモムシちゃん。無事、サナギになったの」

「へえ！」

あの十六本の脚の子が、この緑色の袋のなかにいる。緑のあちこちに黒いドットがあって、キウイフルーツみたいだ。

どういう力でくっついているのだろう。プラスチックケースの上方部分に、うまくへばりついているのだ。

「どのくらいで蝶になるんですか」

「二週間くらいかしらねえ。次の次にあなたが来たとき、会えるわよ！」

毎週日曜日に来ると、彼女は勝手に決めてしまったらしい。

サナギからどうやって蝶は出てくるのだろう。びりびりと袋を引き裂いて現れるのか、上か下からぴょこっと出てくるのか？　質問しようと思ったら、嘉世子さんに別のプラスチックケースを渡された。

「これ、フンのお掃除」

緑色の粒々が、ケースの底にばらまかれたように、散らばっている。

「掃除ってどうやるんですか」

「イモムシをどこかに出しといて、その間にケースの中のフンや食べかすを捨てるの。まあティッシュでもいいんだけど、さっと洗うのがお薦めね」

「はあ……」

家でもトイレ掃除なんてしたことはない。なのに、虫のフン掃除……。

「さすがにこの家の洗面台は使ってないの。庭に、屋外用の水道があるからそこでね」

「は」

プラスチックケースを三個抱えて、外へ出て、水道栓のところへ行く。

「この箱に、イモムシを入れといて。この子たち、おとなしくて、出ていかないから」

発泡スチロールの箱を、嘉世子さんに渡された。

「葉っぱごとイモムシを乗せるの。簡単でしょ」

ちっとも簡単ではない。つかみ方を間違えたら、イモムシが指にくっついてしまうではないか。指がふるえそうになる。なんとか茎をうまくつかめた。

「そう、それでいいわ。そしたら、このプラスチックケースをさっと水で流しましょ」

「フンの量、多くないですか。しかも大きい」

イモムシの胴体を輪切りにしたときの直径と、このフンの直径、あんまり変わらない気がする。人間だったらあり得ないではないか。

「さすがね」

「え？」

「凪さん、観察眼が鋭いわ。フンっていうのはイモムシ探しの大きなポイントなの」

こんなことでほめられても、あまり嬉しくはないのだが、

「ポイント、ですか」

と一応乗っかってみる。

「そう！　フンって目立つのよ。葉っぱの上でイモムシより先にフンを見つけること、多いの。フンの大きさで、隠れているイモムシの大きさも見当がつくしね」

「へえ……」

丸ごと全部スルーしたくなるような未知の世界。

「フンって汚いイメージだけれど、ほら、植物を食べているからきれいなのよ。フンで布を染めるフン染めっていうのもあるらしいのよ」

「それ絶対イヤです」

借りたガーゼでプラスチックケースをきれいに拭いて、またイモムシたちをもとに戻す。

「そうだ、これ見る？」

嘉世子さんは廊下の奥へ歩いていく。前回は入ったことのない部屋だ。ヒカルのお宝とかあったりして。わたしは小走りに追いかけた。

「ほら、これ」

「う、うわー」

まぶしい懐中電灯で目を照らされたときのように、わたしは手で視界を遮った。

平たい箱のなかに、どっさり虫がいる。

「これ、主人が作っていた標本なのよ」

「え、簑島隆三さんが」

わたしは体を反らして、一匹一匹をくわしく見ないようにしながら目の焦点をぼかしていた。が、光沢のある虫がずらりと並んでいるのはわかる。

「なんか、きれいですね」

つくづく語彙が少ないと思う。なんでもとりあえず「きれい」と言ってしまう。

「ほんとに主人は虫が大好きでね。撮影撮影で忙しくて、たまに家に帰ってくるでしょ。そうするとずっと庭に出て、いろんな昆虫を捕まえては標本コレクションに加えていた。特に甲虫が好きだったわね。コガネムシと、あとカミキリムシも触角が長くてかっこいいから好きだと言っていたわ」

「じゃあ、虫好き同士で結婚したんですね？」

ほほほ、と笑って、嘉世子さんは箱を棚に収納した。

「わたしはもともと昆虫は好きじゃなかったの」

「えっ、えええ？」

そんな人がイモムシをホームステイさせたりします？　と突っ込みたいのを我慢する。

「別に嫌いでもなかったけれどね。昔って、エアコンがあるわけでもなく、窓開けっぱなしで扇風機回して。そうしたら、家のなかには嫌でも虫が入ってくる」

「ああ……」

エアコン万歳。

「だから嫌悪感はないけれど、決して好きではなかった。でも、主人は休日、虫ばっかりでしょう？　庭だけじゃなくてどこかお出かけしましょうって言ったって、行く先々で『簑島隆三だ』って騒がれてしまうのが本人は疲れてしまうのね。なら、庭で過ごすのをわたしも楽しむためにはどうすればいいか……虫好きになるしかないと思ったの」

究極の愛の物語ではないですか。

「自分の意志で、虫を好きになれるんですね」

わたしは無理だなと思う。

「昔のカメラは、今みたいなデジタルじゃないから、何枚も失敗できなくてプレッシャー掛かるし、絵を描こうと思ったの。こんな虫を見たわよ、って主人が帰ってきたときに報告できるような。でもね、甲虫ってすぐに飛んで行ってしまうのよ。緑色のハナムグリくらいかしら。花に酔ってしまうのか、花びらのなかに埋もれてるからいくらでも描けたんだけど」

「へえ」

「そのうち、気がついたの。イモムシは絵を描きやすいって。ほら、動くって言っても、大した距離じゃないし。それで、家に連れて帰ってきて、透明のケースに入れてね」

「そして徐々にハマっていったんですか」

「え」

「主人に言われて初めて気づいたのだけど、イモムシって標本するのが難しいんだって」

「あ……」

「ほら、殻で覆われてるわけじゃないし、体は水分が多いから」

「標本にすると、クチャッとしぼんでしまうわよね。だからね、イモムシを主人はあまり知らないわけ。それでわたしが、教えてあげることができたわけなの。虫の素人なのに、虫のベテランに教えられる。そのことでますますはりきってしまったわね」

「なるほど」

はりきってしまう嘉世子さん、すごい。愛の為せる業《わざ》だ。

手をぱんぱんと二つ叩いて、嘉世子さんはわたしの肩を押して廊下に出した。

「さ、今度は食べ物を取りに行くわよ」

離れから庭を経て、雑木林に入る。

たった一週間しか過ぎていないはずなのに、先週と様子が変わっていることを感じ取り、たじろいだ。

緑が確実に濃くなっているのだ。

新芽の伸びっぷりが激しい。ソメイヨシノなどはすっかり黄緑の葉に覆われている。もう少ししたら毛虫が湧いてくるに違いない。

　足元からぴゅんと飛び出す小さなバッタの数も増えてきた。この間は見ないふりをしたけれど、今回は看過できないほどに。何しろ、避けようと足をずらして着地しようとしたら、そこからもまた飛び出してくるくらいなのだ。

　踏んだら、変な茶色い液が靴裏につきそうだ。想像しただけで、背中がむずっとする。

「ああ、バッタね。反射神経いいから勝手に逃げるわよ。だから気にしないで歩いても大丈夫よ」

　何も相談していないのに、嘉世子さんはわたしの悩みをお見通しらしい。

「あ、ねえ、あそこ」

　嘉世子さんが指差した。

「もうすぐ花は終わりなんだけれどね」

　モンシロチョウが舞っている。

　怖い。鱗粉が指についた感触を思い出す。後ずさりしたいのに、

「あ、これもしかして、今産卵してるかもしれない」

　と、嘉世子さんが菜の花に留まっているチョウを指差すと、つい近づいて見てしまう。

「胴体、思いっきり曲げてますね」

「そう、これは産卵してるときの体勢よ。間違いないわ」

「あ！」

　おしりから、ピッと小さなものが出て、葉にくっつく。

「見た？　産んだわね」

「はい」

わたしが一歩進んで、近くの雑草をカサカサ言わせたせいかわからないけれど、モンシロチョウは飛び立った。

「卵、黄色いんですね！」

ポケットに入れていた自分のカメラで、さっそく撮影しようとした。でもピントが合わない。小さいものを接写するのは、このカメラでは難しいみたいだ。

「あ、撮れない？　じゃあわたしのカメラで」

嘉世子さんが代わりに撮ってくれた。

菜の花をじゅうぶん摘んで離れに戻り、イモムシたちにご飯をあげた後、嘉世子さんは、庭のテーブルで麦茶を出してくれた。

「そうそう。お駄賃の金額の相談をまだしていなかったわね」

「そのことなんですけど」

ベンチに腰かけていたわたしは、座り直した。言おうとあらかじめ決めていた。

「母に言いづらくて。お駄賃いただくって、絶対反対すると思って。だから、ナシでけっこうです」

「あら」

立っていた嘉世子さんは、すいとわたしの真横に座った。二人で座ると急に狭くなる。嘉世子さんは耳元でささやいた。

「イモムシ、好きじゃないんでしょう？　頑張ってくれてるの、わかるもの。わずかでもお礼したいのに」

「でも」

「内緒にすればいいじゃない」

「え？」

「お母さまにもしご挨拶する機会があったら、お駄賃のことは内緒にする。そうね、金額も、言うほどじゃない額にすればいいのよ」

「え、でも……」

「そうね。ほんの気持ちばかり……たとえば一日来てくれるごとに、千円でいかが？」

「あ、え」

実は、わたしのお小遣いは月額三千円だ。毎週来れば月に四千円……それはとても大きい。ヒカルが出ている雑誌を、片っ端から買えてしまう。

誘惑に呑み込まれそうになるけれど、ぎりぎりのところで堪《こら》える。

「お金はいらないので、勉強させてもらえませんか？」

「なあに、勉強って？」

「うち、変な学校で、中学でも『卒論』っていうのがあって。テーマを考えなきゃいけないんですけど、思いつかなくて。よかったら、植物のこと、教えてもらえませんか？」

「ええっ、植物？　イモムシじゃなくて？」

「うーんと……」

「イモムシにしなさいよ！　そしたら、ほんとなんでも教えてあげちゃうわよ」

担任の先生が、わたしの卒論を読みかけて、ギョッとして床に落とす場面を想像する。

まあいいか。イモムシの卒論を書きたくなければ、よそでネタを探せばいいのだ。とにかくこれは家に出入りするための口実だから。

「じゃあ、はい、イモムシで」

「ふふふ、りょうかい」

わたしの所属は〝イモムシ部〟になった。

# 五月

　ホームルームが終わった。先生が教壇から降りるよりも前に、わたしは教室を飛び出した。廊下を走らないように、競歩っぽいフォームを意識して歩いていると、後ろから風美花が走って抜かしていく。ポニーテールがばっさばっさと揺れている。わたしの毛量の倍以上あると思う。

「ちょっとぉ、待ってよ」

　行き先は決まっている。図書館の奥の書庫。立派な文学全集など、昭和に刊行された本がずらっと並ぶ黴《かび》臭いコーナーだ。ここなら誰も来る心配はない。

　わたしたちはバッグの底からスマートフォンを取り出して電源を入れた。

　学校に持ってくるのは禁止なのだが、学校内で電源を切ってしまっておく分には黙認されている。

「メール来てるね」

　チケットガイドから、「チケットの抽選結果が出たから、ホームページ上で確認するように」という案内が届いていた。

　すぐアクセスする。

　そして、わたしは本棚にだらりともたれかかった。

「ダメだ。外れた」

「あたしも」

二人の声がそろった。

「最悪じゃん」

ヒカルの所属する「NEW LEAVES」が、事務所主催の大規模なライブで二曲歌うのだ。デビュー前なのに、彼らには既に持ち歌がある。

ただ、このイベントには国民的アイドルグループや、デビューして二年の人気上昇中の若手など、ヒカルの先輩たちがメインゲストとして出演するので、彼らのファンも応募する。競争率は高かった。外れて当然ではあったのだ。

「あーあ、デビュー前からこんなんじゃ、もう先がさぁ、思いやられるよ。ファンクラブもすごい会員数になるだろうし」

風美花はヘアゴムを外して、長い黒髪をいったん自由にして、また束ね直した。

「もう、凪だけが頼り。ねえ、マジでヒカルとリアルに知り合いになってよ〜。そしたら、こんな二曲しか歌わないライブなんてわざわざ行かなくたっていいんだ」

いまいましげに彼女はスマホの電源を切った。わたしもスマホをしまって、

「とりあえず外に出よ」

と歩き出した。

「ヒカルさま、会いたいよ〜。あの麗しい瞳。目がもし合ったら、きっと気絶しちゃうんだ。あー、凪がもし知り合いになったら、ヒカルさまとしょっちゅう目が合って……ずるいよ！　やっぱりわた

しもその簑島隆三の家のバイト、一緒にやらせてもらおうかなぁ」

風美花がちろっと上目遣いでこちらを見るので、わたしは思い出させてあげた。

「イモムシのお世話ですよ？」

「ぎゃー、ダメ。あり得ない」

ふたりして図書館を出て、中庭を通って下駄箱に向かう。君なんかにはできない仕事なのだということを、もっと強調しておかなくては。

「先々週、ゴールデンウィークだっていうのに、行ったのよ」

ちなみに先週は、嘉世子さんが都内にある簑島隆三の元事務所に出かけるというので、お休みだった。

「うんうん」

「そしたら、キタキチョウっていう新たなイモムシがいて。緑のつまようじみたいな、細いやつなんだけど。それがわたしの指によじ登ってきたんだよ」

「んきゃーーーっ」

風美花の悲鳴があまりに大きすぎて、そばを歩いていた中学一年生が肩をすくめた。

話を盛ってしまった。

実際には、わたしの指はイモムシに触れていない。でも、ときどきこうやって誇張しておかないと、風美花がこの仕事を簡単なものだと思ってしまう。

「まあ、小さい緑のイモムシって、だいぶ慣れてきて、わたしはそこそこかわいいと思うけどね」

そこまで思っていないけれど、わざと言ってみる。

「やだやだ。わたしさぁ、毛虫アレルギーみたいなんだよね」

「そんなアレルギーあんの？」

「首とか腕に赤いブツブツができて、病院に行ったのね。そしたら、毛虫にやられたんでしょう、って。桜の木の下を歩いてると、毒のある毛虫の粉みたいなの、浴びるんだって」

「ぎゃー、それ、怖いじゃん」

「気をつけてよ、桜」

「毛虫がいっぱいいそうな感じがあって、避けてたんだけど、やっぱりそうなんだね！」

下駄箱を出ると、目の前のピロティで、体操部が柔軟体操をしていた。今日は体育館を使わない日で、トレーニングをしているのだ。仮入部の一年生が、開脚して上体を倒している。みんな、足はちゃんと百五十度くらい開いていた。

わたしはしゃべるのをやめて、うつむきながらピロティを抜けた。

一年生のとき、体操部に入った。テレビで見た全日本体操選手権の女子選手たちがカッコよかったから。特に段違い平行棒。着地が決まったとき、無我夢中で手を叩いてしまった。

自分もあんなふうになりたい。練習すればきっとなれる。そう思って体操部を選んだ。

けれど入部直後に、先輩たちのけたたましい笑い声で知ってしまった。わたしは異常に体が硬かったのだ。

小学生のときから、自分ではわかっていたことだった。でも跳び箱の開脚跳び、側転などは普通にこなせたから、柔軟性だって練習次第だろうと思っていた。でもそうではなかった。三ヶ月たっても、百二十度までしか開脚できない。それ以上やろうとすると、膝が悲鳴を上げてグインと曲がってしまうのだ。こんなのおかしいだろ、と自分でも首をかしげてしまって、整形外科や整骨院にも行った。いずれの先生にも「体質じゃないかなぁ。別に病気じゃないよ」「筋肉を痛めるといけないから、無理をしすぎないように」と言われた。特効薬などないらしい。

それでも体操部はゆるい雰囲気だし、自分なりにわずかずつ成長も感じられたから居心地はよかったのだけれど、中二になって下級生が入部してくると、雰囲気がまた変わった。なかには生意気な子もいて、ストレッチのときに、どうしても曲がりかけてしまうわたしの膝を見て、ぷぷぷと嗤《わら》ったりするわけだ。

それで結局、去年の秋に退部して、無所属のまま今に至る。

やめるならもっと早くやめるべきだった。

中高合同で部活をやっている学校というのは、やり直しがきかない。中学の部活選びを間違ったから、高校に入学したときに心機一転新しい部を選ぶ、ということができないのだ。なぜなら、中一から高二まで五学年で活動している部活では、高一と言ったら、もう何かを教わる側ではなく、教える側なのだ。準幹部だから。

風美花の歩くスピードが速くなった。

階段でハイキング部が、リュックを背負って上ったり下りたりを繰り返していたためだ。彼女は元ハイキング部で、腰が痛くなったと言って退部した。本当は痛みはなくて、ただ、地道過ぎるトレーニングをもうやりたくなかったらしい。

同級生のなかで、部活に所属していない子はごく少数だ。学年全体で十人もいないと思う。わたしも風美花も、部活の元仲間に会うと気まずくて、こうやって伏し目がちになってしまう。

「こないださぁ、父親に目標設定シートを書かされた」

校門を出たところで、風美花が突然言い出した。

「何それ」

「中三の一年間で、どういうところを頑張って成長したいか、書けって」

「何それ」

「参っちゃう。うちの父親も中高一貫出身だから、中三が一番だらけちゃうって、知ってるんだ。『中間管理職みたいなもんだ』って言ってた」

「中間管理職」

「高一、高二の先輩たちは、部活や文化祭の運営で活躍してて、中一、中二はまだいろんなことがめずらしくてイキイキしてて、そのどっちでもなくって、何も新鮮じゃなくて、楽しめないのが中三だって。いろんなことが中途半端」

「ふうん、中間管理職って中途半端なんだ。それで、目標シート、なんて書いたの」

「ヒカルをもっともっと応援したいなんて書けないしさぁ。結局、『英語を頑張る』にした」

「ふうん」

「そしたらさぁ、ダメ出しが出た。『頑張る』は目標じゃない、って。だから仕方なく、一年後には百ページの洋書を一冊読めるようにする、って目標にした。親がほぼ決めたことだけど」

「スパルタ」

「しかも、英語が上達するためにどう頑張るか、具体的にプランを書けっていうの。そんなの知らないよ〜。アメリカやカナダのアーティストのファンだったら、歌詞を覚えたりできるけど、ヒカルには英語いらないしさ。そんで困ってたら『たとえば夏に一ヶ月、アメリカへホームステイに行くのはどうか』だってー」

「はぁぁ？」

「まあ、聞き流したけど！　それで、なんでこの話をしたかっていうと、思ったわけよ。凪も目標設定シート、作ってみたらいいんじゃん？」

「はい？　なんで？」

　青信号が点滅している。ここは待ち時間が長いので、わたしたちは走って渡った。

「ヒカルに会うためには、どうすればいいか。その嘉世子さんだっけ、にどう近づいていくのか。実の孫みたいにかわいがってもらえるように、どう接近するのか」

「イモムシを頑張る……としか言えないわ」

「凪も、家にイモムシ持ち帰って、ホームステイさせてみるとか」

「ホームステイつながりかよ！」

「もっと嘉世子さんの気持ちをつかむ努力をするんだよ」

「うちにイモムシなんか連れてったら、母親に絶縁されますけど」

　進行方向に空のペットボトルが転がっていて、普段なら避けて通るけれど、つま先で蹴っ飛ばして前進した。

　さっき、イモムシがかわいいとか、言いすぎた。わたしがどれほどの嫌悪感と戦っているのか風美花は知らない。だからこんな悠長なことが言えるのだ。何がホームステイだ。自分こそ、夏休みに、本当にアメリカへ行ってしまえ。

中三になってから、お互い部活をどうするかという話題は、暗黙の了解で避けていた。でも、ぐさっと突きたくなる。

「風美花は、部活もうどっこも入らないの？」

「うーん……いまさらね。凪は？」

当然、問い返された。

「わたしはイモムシ部だから」

ぱらぱらと雨が降り出した。風美花は立ち止まって、バッグの中を探っている。わたしは折り畳み傘を出すのが面倒くさくて、ひとり駅までダッシュした。


ウァァァァー。

女性が悲鳴をあげている。いったい誰なんだ。目が覚めた。夢だった。

「やだー、やだー、気持ち悪い。うわぁぁぁ」

夢ではなかった。階下で母が叫んでいる。

わたしはのっそりと起き上がった。

カーテンを開けると、小雨が降っている。今日のイモムシの世話はどうなるんだろう。天気が悪くても、フンの交換とエサやりはやっぱりやらざるを得ないのだろうか。

二階から階段を下りていき、台所に向かった。まだ悲鳴は断続的に続いている。

「おはよ」

「あ、凪！　大変なの。巨大なクモがいるの。毒グモかもしれない。刺されたら死んじゃいそうに大きいクモなの」

「え、そうなんだ。ゴキブリかと思った」

母がこうやって騒ぎ立てるときは、ほぼ百パーセントの確率でゴキブリと決まっていた。まれにハチの場合もあるが。

クモというパターンは初めてだった。

「そんな大きいクモ、いるの？」

わざと抑揚のない声を出して、母を落ち着かせようとする。が、母の方は自分の恐怖をこちらが共有しようとしないものだから、ますますいらだっている。

「信じないでしょうけどね！　この手のひら広げたくらいの大きさなんだから。歩き方もすばやくて。床を這っていって、そこで見失ったのよ。居間のどこかにいるはず！」

そう言うなり母は姿を消し、十秒後、右手に殺虫剤を持って戻ってきた。

「見つかった？」

そう聞かれて、窓の外をぼんやり見ていたわたしはあわてて探すふりをした。

虫に対する母の発言はたいてい誇張だ。手のひらサイズのクモなんて、昆虫館にしかいないと思う。たぶん、怯え過ぎて、目のレンズのピントがおかしくなってしまったのだ。実際は、せいぜい人差し指の長さとか、そのくらいだろう。

けだるくそんなことを考えながら、白い壁を見渡していたので、わたしはあわや尻もちをつきそうになった。

「うわっ」

誇張などではない。実際、自分の手のひらを、しっかり広げたような大きさのクモがするすると壁を登って行く。胴体はさほど大きくないのだ。わたしの親指くらいだろうか。でも、脚が八本ともすらりと長くて、一本一本が、中指ほどの長さかもしれない。

近所にクモ愛好家でもいて、そこから脱走してきたのか。

「タ、タランチュラ？」

言いながら、さすがにそれは違うと自分で突っ込む。タランチュラは、もっと小さくて分厚くて毛が生えている。

キャップを外した母が殺虫剤をかまえて、

「よしっ、行くわよ。凪どいて」

人差し指でボタンを思い切り押した。が、シューシューと音は鳴るものの、中からミストはまったく出てこない。

「パパったら、使えない！　信じられない」

いきなり母が、父を罵倒したのには理由がある。これは父が勤めている会社の殺虫剤なのだ。いつも社内販売で安く買って、持ち帰ってくれる。なくなったら新しいものを補充するのは、父の大切な仕事なのに。

母は父と結婚したのではなく、殺虫剤と結婚したんじゃないかと思うこともあるほどだ。実際、独身の頃に母が初めて父を家に呼んだのは「虫を駆除してほしいから」だったとのこと。

「どこ行ったの？　パパ」

わたしはあたりを見回した。台所の流しの横に、お皿とマグカップが重ねられている。もう朝食は終えたようだ。

今日は日曜日なのだが。

「会社の用事で休日出勤。夜遅くなるんだって」

母は、父の用事を決してくわしくは聞かない。

結婚した当初、うっかり尋ねてしまったらしい。言い淀む父に、「やましいところがあるんだわ、きっと」と疑いをかけた母は容赦なく追及し、そして正確な理由を引きだした。「ダンゴムシを研究用に大量に採取しなきゃいけない同僚がいて、会社の近所の公園へ探すのを手伝いに行くんだ」と言われたらしい。大量のダンゴムシを想像して、母は熱を出してしまったのだった。

「はーっ、クモ見失っちゃった。あんなのと一緒に家にいるなんてつらい。この状況で朝ご飯を作らなきゃいけないのもつらい。あのクモが残飯をあさりに来たらどうしよう」

ぶつぶつ言いながらも、母は手をていねいに洗い、トーストを温め始めてくれた。

わたしも、クモが姿を消したあたりに視線を送りながら、洗面所に向かった。

クモ部だったら耐えられない。イモムシ部でまだよかった。


イモムシの入ったパックは現在三つある。モンシロチョウの幼虫が一匹入っているもの、キタキチョウの小さな幼虫が二匹入っているもの、そしてもう一つは終齢幼虫と思われるモンシロチョウのイモムシの入ったパック。

「モンちゃん、ちょっと動かないでねー」

わたしは、親しげに「モンちゃん」と呼ぶことに無理やり慣れた。そうすると、恐怖感が薄れるからだ。

葉っぱごとイモムシを別の場所に置いて、フンを捨ててパックを洗って、嘉世子さんが朝採ってきてくれた新しい葉っぱを入れる。

終齢幼虫というのは、サナギになる手前の、一番大きな幼虫だ。モンシロチョウの場合、卵から生まれた後、四回脱皮して終齢幼虫になるらしい。

羽化して蝶になるとき、翅《はね》を広げなくてはいけないから、大きいプラスチックの容器を用意する必要があるのだ。サナギから出てきた後、翅をじゅうぶん広げられないと、そのまま固まってしまうので一生飛べなくなる。

日曜日、ここに来るたびイモムシ講座を受けて、わたしは既にそこらの虫マニアの小学生よりもくわしくなってきていると思う。

「ありがと。あっという間に終わってしまったわね」

嘉世子さんがほめてくれる。今日はミントグリーンの長袖のポロシャツを着ていた。いかつい顔には似合っていない、と内心思う。

そういうわたしは、黒いトレーナーを着ていて、嘉世子さんに注意された。

「黒は、五月までね。来月からは着ちゃダメよ。あと黒い帽子も」

「え、なんでですか」

「スズメバチ」

「えっ」

「スズメバチはね、黒いものを見ると攻撃する習性があるの」

「そうなんですか！」

あわててトレーナーを脱ごうとしたが、そういえば着替えるものがない。またヒカルの何かを貸してもらえないだろうか……。

「ほほほ、今日は大丈夫。五月はね、まだ女王蜂が一匹で巣作りしているだけだから。それも、自分のことで精一杯なのよ。人を刺してるヒマもないから平気」

抜いた袖に、再び腕を戻した。

「ちょっと庭に出ましょうよ。物足りないから」

「物足りない？」

「もう少し別の虫も観察したいじゃない？　宝箱があるから行ってみましょ」

嘉世子さんは玄関に行って、スニーカーを一瞬で履き終えた。

「でも雨が」

一応後に続いて外に出ながら、わたしは空を見上げる。

「このくらいの小雨だとね。雑木林のなかでは、ほとんど感じないわよ」

「そうですかぁ？」

語尾に不満のニュアンスをいっぱい詰め込んだが、まったく伝わらなかった。

日よけのために持ってきている帽子を、雨よけのために被り、しぶしぶイングリッシュガーデンを抜けて、雑木林に入った。

「あれ、ほんとだ」

上の木々の葉が、雨を受けとめてくれるみたいだ。もちろん下の葉も濡れていて、しっとりと湿度は高いが、雨粒は感じない。

葉の緑がますます濃くなっている。よく見ると、実にたくさんの植物が、雑木林というものを作っているのだ。高く伸びた木、その下にわたしの背よりも低い木、それから雑草。その間をうねりながら伸びているつる草。これらの名前を何一つ知らないでいていいのかな。ふとそう思う。

つる草の葉の一枚に、小さな小さなツノを出している生きものがいる。

「あ、カタツムリ」

淡いベージュの軟体動物がゆっくりと移動している。名前を知っている生きものに出合えると、なぜだか少し嬉しい。もともと嫌いではない、数少ない虫だ。よほどデカいカタツムリでない限り、気持ち悪いとは思わない。

嘉世子さんが立ち止まった。

「これ、なんだか知ってる?」

足元の雑草を指差す。いや、本当に植物なのか?

「な、なんかヘビみたいですね」

鎌首をもたげたヘビが、しゅるるると長い舌を出しているかのように、先端から何かが伸びている。

「ウラシマソウっていうの。少しめずらしい草なのよ。この庭には毎年咲くんだけれど」

咲いているのか。このヘビみたいな部分が花だということを知った。上方の、手のひらみたいに大きく開いた葉が、雨粒から花を守る傘みたいになっている。

ところで、さっきから何度も目につく虫っぽい生きものがいる。なぜ嘉世子さんが立ち止まらないのかわからない。一センチあるかないかの大きさとはいえ、気づいていないことはないと思うのだが。

「あの、嘉世子さん、これ」

わたしはしゃがんで、指差した。紫の背中にオレンジの点がぽつぽつ入っている。

嘉世子さんは気づいていたようで、さらりと言う。

「ああ、これも幼虫よ。何ていう虫だかわかるかしら？」

イモムシではない。胴がそれほど長くないのだ。だから脚は六本。

でも、普通の虫とは違う、何か不気味なオーラがあるのだ。背中がワニみたいにごつくて横にひび割れているせいかもしれない。

「たぶん、凪さん、好きな虫だと思うけど」

「へっ」

許容できる虫を頭に思い浮かべてみる。

「カタツムリと……敢えて言うと……うーん……モンシロチョウ、カブトムシ、テントウムシ、トンボ」

いずれも、リアルな昆虫というより、アップリケにしたらそのデザインがかわいいかも、という程度だが。

「正解はそのなかにあります。カタツムリは、正確には昆虫ではないけどね」

嘉世子さんに言われて、

「ええっ？」

ワニを二度見、三度見した。オレンジ色のドットを見て気づく。もしかして……。

「テントウムシですか？」

「そう」

「ええっ。成虫はあんなにかわいいのに、幼虫はいかつい」

「だって、テントウムシは肉食だもの」

「え」

「ほら、よく見て。アブラムシを食べてるでしょう」

「ひ、ひぃぃ」

気づかなかった。幼虫のまわりには、体長二、三ミリのアブラムシが無数にいるのだ。あまりにも小さくて、目がスルーしていた。こいつらは黄緑で、茎の色も黄緑だから同化していたのだ。

雑木林は、わたしが思っている以上に、虫の密度が高いことがわかってきた。今、踏んでいる地面の下にも、何かいるのかもしれない。

「テントウムシの幼虫を見ると、本格的な春が来たなぁ、って思うわね。でもこれ、あちこちにいてめずらしくないから。もっと違う虫を探しましょ」

そのうきうきした声からすると、半日、雑木林で過ごすつもりのように思える。

「で、宝箱っていうのはどこにあるんですか？」

早くそこで虫を一匹二匹見つけて、満足してもらって、わたしは撤収したかった。

「これよ。宝箱」

雑木林の奥の方、突き当たりの緑色のフェンスがちらっと見える場所で、嘉世子さんは立ち止まって、幹を叩いた。

「桜の木。正確には大島桜」

「え、桜ならあっちにも」

さっき、もっと手前にあるソメイヨシノと大島桜のそばを通ったではないか。

わたしは木の真下に行かないよう、枝の伸び方を確認した。毛虫アレルギー。風美花の言ったことを思い出して厳重警戒モードに入る。

「他の桜は、下の方に枝がないから、どんな虫がいるか、よく見えないんだけど、これは下に枝がたくさんあるでしょ」

その通り、太い幹の根元に近いところで枝分かれして、長い枝が伸びている。

「このあたり、高い木が少ないから、あんまり高く伸びなくても日光浴がちゃんとできるのね」

「なんで桜が宝箱なんですか」

「初夏の桜ってすごいのよ。いろんな虫が来る」

「毛虫だらけなんですよね」

「それはマイマイガのことを言ってるのかしら?」

「名前までは知りませんけど」

「あ、マイマイガ、いたわ」

桜の枝の上を、毛虫が這っている。いかにも毒を蓄えている、といった風体だ。背中やお腹から長い毛が生えていて、触れた瞬間、指がぷーっと腫《は》れそうだ。

「ほら、これ」

「見えてます」

桜の真下に行きたくない。小指の太さくらいありそうなその毛虫は、遠くからでもじゅうぶん見えるのだ。

ふと疑問に思った。

「毛虫も、イモムシですか?」

「そうよ。よかったら後で『イモムシ図鑑』っていう本を見せて差し上げるわね。日本の主要な人気イモムシがいっぱい出てるんだけど、毛虫もたくさんいるわね」

そういう怖ろしい本は見なくてもけっこうです、と心のなかで答える。

「そんな毛嫌いしなくても、よく見るとかわいらしいのよ」

「毛嫌い」という言葉の語源は、「毛虫が嫌い」が語源なのではないか、とふと思う。

「なでてみると毛がやわらかくて楽しいの」

「え……だって毒があるんですよね!」

両手をしっかり組み合わせて、祈るようなポーズでそう反論した。さあ、手を出して。毛虫を乗せてあげるから。そう言われないように。

「この虫には、毒はないのよ」

「え?」

「マイマイガってね。生まれたての一齢幼虫だけは毒があるの。でも、二齢から後は、すっかり無毒なのよ」

「ええっ」

「ほら、見て」

嘉世子さんは、いつの間にか軍手をしていたのだが、それを外してわざわざ素手の状態で、指先をマイマイガに近づけた。

毛並みをすすす、となでる。

「少しトゲトゲしてるのよ。でも、刺さるほどじゃないし、痛くもないの。触ってみない？」

毒がないとは信じられない。嘉世子さん、勇気がある。そうほめたたえたい。自分も同じようには決してできない。

「うーん……わたしはいいです」

「ま、それは賢明な判断ね」

「え」

意気地がないと怒られるかと思ったのに意外だ。すると、嘉世子さんは片方のくちびるだけ上げて、意地悪い表情で笑った。

「だって、人間の指についている黴菌《ばいきん》が、虫に被害を与えちゃうかもしれないものね」

「く……」

毛虫を触らされる被害者のつもりでいたのに、加害者の側に立たされてしまうとは。

「でも！　友達が言ってたんです。自分は毛虫アレルギーだって。桜の木の下を通ると、赤い湿疹が出るらしいんですよ」

その症状を見たことはないけれど、さぞかゆくて痛いに違いない。わたしは首をすくめて軽く震えてみせた。

「ああ、それはきっと四月の終わりか五月の初め、一齢幼虫が生まれたての頃ね。毒を持っているそのわずかな時期に、幼虫は飛ぶの」

「飛ぶ？　翅がないのに？」

「マイマイガは、ブランコ毛虫とも呼ばれてるのよ。糸を吐いて、枝にぶら下がって、遠くへ飛ぶの」

「でも、そしたら桜から離れちゃう」

「実はマイマイガって、地球上のほぼすべての植物を食べられるんじゃないかって言われてるほど、なんでもガツガツ口に入れられるの。だから、大発生すると、すべての植物を食べ尽くしちゃうのね。たくましいから、どこへ飛んでいっても、育つことができる」

「最強すぎませんか」

「それでも、大人になれるのはほんの数パーセントっていうからね。虫の世界も大変」

わたしはまだ桜の枝の上方が気になる。

「本当に、毒はもう持っていないんですか」

「ええ。一齢幼虫はもうあんまりいないと思うわよ。五月下旬だもの。でも、いたとして、帽子をかぶってるから平気よ」

風美花に教えてあげたら驚くだろうか。あなたはおそらくマイマイガの一齢幼虫の毒にかぶれただけで、春の一時期を除けば、桜の下を歩いても問題ないのだ、と。

マイマイガから三十センチの距離まで近づく。初めてじっくりと見た。きれい、と言えないこともない。背中に五対、青いコブのような点が並んでいる。そこから続いて、今度は赤いコブが六対。さっき小指の長さくらいに見えたのは自分の希望的観測だったようで、実際は人差し指くらいの長さと太さだ。

「イモムシって言っても、大きさはいろいろなんですね……」

嘉世子さんはうなずいた。

「日本にいる蝶って二百五十種類くらいなの。蛾は六千種類くらいいるって言われてるのよね」

「え、そんなに？」

「だから、奥が深いのよね。わたしは蝶専門だけれど」

「あ、そうなんですか。蝶専門……じゃあ、このマイマイガは蛾だから――」

「ええ、連れて帰らなくて大丈夫よ。ホームステイはさせない」

「はーい」

声が勝手に明るくなってしまう。近くで見たマイマイガは少しきれいかも、と思ったが、お手々つないで帰りたくはない。

「ほんとはね、蝶のイモムシも、ホームステイさせるのが必ずしもいいことではないのよね」

「え」

「昆虫研究家によっては、それも生態系の破壊だと言うわね。強い者は生き残って、弱い者は死ぬ。それを人為的に操作することで、かえって、強い者が弱くなることもある」

「ふうん……」

「でも、自分の家の庭にいるものを連れて帰って、また庭に放す。そのくらいなら、別に生態系どうのこうの、っておおげさな問題じゃない、別にかまわない。昆虫学者さんでそうおっしゃる方がいたから、安心して育ててるわけなの」

その昆虫学者さんに言いたい。絶対ダメ！　ホームステイなんてダメ！　そう否定してくれたらよかったのに。

「で、このマイマイガが宝なんですか」

「宝」

「桜の木が宝箱って言ったの、嘉世子さんですよ」

「ああ、そうだ！　他にもいるはずなのよ。一年にほんの数週間、この時期だけしかいないの。それはイモムシじゃないんだけれど、きらきら光る虫」

光る、と聞いてドキッとしてしまう。当然、ヒカルを連想していた。

「光る虫……ホタルしか思いつかないです」

「葉っぱの裏側を見て。あ、ほら、これこれこれこれ！　わぁぁ、嬉しいわ」

嘉世子さんの声のトーンが、反オクターブくらい上がっている。わたしはかがみ込んで、下から葉裏をのぞいた。

「え、なにこれ」

ごく小さな、指の爪ほどもないくらいの虫だ。丸くて黒い背中の上方に、金色で「×」のマークが入っている。そこが日に当たってきらっと光るのだ。さらに黒い背中が透明の物体で覆われている。まるで、プラスチックのカバーだ。透けているから、下の葉脈さえも見えてしまうのだった。

人間だったら、体の一部が透けているなんて考えられない。この虫はいったいどういう材質でできているのだろう。

「セモンジンガサハムシっていうの。ジンガサハムシの仲間はこんなふうにきらきらなのよ」

「なんでこんな形状なんですかね」

「わからない。虫の世界ってわからないことがいっぱいなの。簑島隆三がいたら、ポケットに入れているボトルに、すぐ入れるでしょうね。そして標本にするの。この金の色はそのまま褪《あ》せないのよ。不思議なことに」

　すっかり忘れていた。カメラを取り出す。しかし構えようとしたその瞬間、ジンガサハムシはさっと飛び立った。こんなプラスチックみたいな生きものが、ちゃんと翅を広げて飛べるなんて、この目で見なければ信じられなかった。

「わたしは、標本じゃなくて、やっぱり生のままの虫がいいです」

　生のまま、って変だな。言い直した。

「生きている虫がいいです」

「そうね。わたしもそう」

「でも、でっかいクモはダメですけど」

　朝のことを思い出したのだった。

「でっかいクモってジョロウグモのことかしら」

　名前は知らなかったので、けさの自宅での出来事を話した。最初、うんうんと聞いていた嘉世子さんは、母の暴力行為にまで話が及ぶと、顔をしかめて鼻のまわりにしわをいっぱい作った。

「それはアシダカグモね」

「タランチュラじゃなくてよかった」

「タランチュラは日本にはいないの」

「ですよね……」

「誤解なのよ」

「え？」

「アシダカグモはね、人間に悪さを何もしないクモなのよ。家にいてくれたら、むしろありがたいくらい」

「いや……でも、ベッドとかに乗られたら怖いし」

あの長い長い脚を思い出す。

「臆病な性格だから、人のいるところはなるべく避けるわよ。遭遇したら、逃げていくでしょう？」

「あ、はい。けど、咬《か》まれたり刺されたり」

「しないしない。凪さんは、ゴキブリ好き？」

「え、え、いやぁ、あんなもの好きな人はいないですよね？」

「そうね。わたしも、決して好きにはなれないわね」

「ですよねえ」

「アシダカグモはね、ゴキブリを食べてくれるのよ。だから、人間にとっては益虫なの」

「そうなんですか！」

「ゴキブリがいなくなったら、アシダカグモも自然にいなくなって、どこかよその場所に行くから、放っておいて大丈夫なのよ」

「へえ」

何よりゴキブリ嫌いの母が聞いたら、認識を改めるかもしれない。なぜなら、今、自分の認識が変わったから。

咬んだり刺したりしないなら、安心ではないか。

「そもそも昆虫を、害虫と益虫に分けるという考え方はあまり好きではないのだけどね」

嘉世子さんがひとりごとのように、つぶやいた。

雨が強くなってきたようだ。さすがに雑木林のたくさんの葉も、水滴を抱えていることができなくなったみたいで、少しずつ地面に落としてくる。かなり大粒で、肩などに当たると、ペタッ！と音が鳴るくらいだ。

わたしたちはお屋敷の方に向かって、急いで歩き始めた。頭の上で、ペタペタッと雨が鳴った。


次の日の朝六時半。わたしは、まだ完全に開き切らない目でぼんやりとテレビを見ながら、朝食を喉に流し込んでいた。あまり嚙《か》まないと知っているから、登校する日は、母もスクランブルエッグにヨーグルトに野菜ジュース、あとやわらかいロールパンを用意してくれる。学校まで一時間かかるので、七時過ぎには家を出なくてはいけないのだ。

隣では父が食べ終わりかけている。

しれない。


「コーヒー淹れるわね」

母がキッチンに行ったところで、

「いやぁぁぁー」

と、悲鳴を上げた。ヤカンを手に持っていなくてよかった。熱湯が入っていても投げ飛ばしたかもしれない。

「出た！　デカグモ」

母は、ラップの入った細長い箱を右手にかざし、床の隅の方へ追い詰めている。

「あ、殺虫剤、今日会社から持って帰ってくるから」

父が呼びかける。

「今日じゃ遅いの！　今！　今退治しなくっちゃ」

「お母さん、それアシダカグモっていうんだって」

「わ、逃げられた。隠れても無駄よ」

「お母さーん、それ、いいクモなんだって」

「クモにいいも悪いもないのっ」

「でも、本当にいいクモだって、嘉世子さんが言ってたもん」

母の動きが止まった。中腰になっていたのだが、上体を起こしてこちらを見る。

「誰？　嘉世子さんて」

「だからぁ、簑島嘉世子さん」

「ああ、簑島さん。あんなおばあさんをあなた、嘉世子さんなんて親しげに呼んでるの？」

「本人の希望だもん」

「ええっ、でも」

「って、それはどうでもいいんだって。アシダカグモはね、ゴキブリを食べてくれるんだって。だから、家にそのまま居てもらう方がいいんだってよ」

「お、よく知ってるな」

父がなぜだか少し嬉しそうな顔をしている。

母は逆だった。

「そんなのサイテーじゃない！　じゃ、このデカグモがいるってことは、家のなかにゴキブリもいるってことでしょ。不吉よ。縁起が悪いじゃない！」

え……どうしてそういう理屈になる？

寝起きで、しかも低血圧というハンデを負っているわたしは、頭がこんがらかってしまって、返事ができなかった。

バン！と大きな音がして、母の勝利の雄たけびがキッチンからひびいてきた。

「やった。やったわよ。気持ち悪いけど、お母さん頑張った！　掃除機持ってこなきゃ」

母がいそいそと出ていき、父はコーヒーをあきらめて立ち上がった。

ヨーグルトが残っているけれど、もう食べる気がしない。わたしも席を離れて、玄関に向かった。

# 六月

天気はいいけれど、風が強い。

南西の風が吹いては止み、吹いては止み、を繰り返している。

わたしは雑木林の意外な秘密を知った。

植物は虫をうまく隠すのだ。まだ虫が怖くて仕方なかった頃、桜の木でもなんの木でも、見上げれば虫がいっぱいついているのだと思っていた。

でも、違う。

もっと密《ひそ》やかなのだ。会いたい虫がいても、逆になかなか会えない。この虫はここにしかいない、という法則があることも多い。

今、探しているイモムシの場合もそうだ。決まった草の葉っぱの陰にだけ、いる。

それを知っていても、今年に入って嘉世子さんはまだ一匹も見つけられていないのだそうだ。五月くらいから、いてもおかしくないのに……嘉世子さんは嘆いている。

だから、現在の最大のお手伝いは、そのイモムシを雑木林で発見することなのだ。

わたしは『イモムシ図鑑』でその姿を覚えた。正直、虫には見えないような形態でちょっと気持ち悪い。けれど、嘉世子さんよりも先に見つけたいという妙な負けず嫌いが頭をもたげている。

「今日こそは頑張りましょうね」

嘉世子さんが両手をこぶしにして、気合を入れている。

「はい」

「風が強い日は、あんまり蛾や蝶は飛んでいないけれど、イモムシはいつも通りどこかにいるわけだから」

雑木林のなかは、普段よりも静かに思えた。虫は見当たらない。風が木々の葉っぱを鳴らしていく音だけがひびく。

ちなみにこのお屋敷の広さは千七百八十坪らしい。自治会長の広瀬さんから、母が聞いてきた。

「そんなに庭が広くても無駄よねえ」と母は顔をしかめて話していた。ここの良さは歩いてみないとわからない。

わたしたちは、最初に八重桜のお花見をした場所に近い方へ向かっていた。

「ほんとですね、蝶、一匹も見当たらない」

「飛ばされてしまうと大変だから、木や葉っぱにへばりついているのでしょうね。ただね、凪さん」

先を歩いていた嘉世子さんが立ち止まって振り向く。サンバイザーの緑色のつばが日光を通すので、嘉世子さんの顔も半分緑色に染まっている。

「はい」

「蝶は、実は一匹二匹じゃなくて、一頭二頭と呼ぶのよ」

「え、そうなんですか！」

「今までは言わなかったけど、本当はね。蝶だけじゃなくて、虫すべて」

「ええええ」

「わたしもアリやハエを『頭』で呼ぶのはどうも馴染まないんだけどね」

「ハエが一頭二頭……変ですよ」

「でも、イモムシ部だからね。蛾と蝶だけはちゃんと呼びましょうか」

「はい～」

その後も蝶は一頭も見当たらず、かわりにクモの巣がやたら見つかった。

いつも歩いているけもの道のまんなかにも、巣を張っている。枯れ枝を手にもって、払いのけながら歩かないといけない。

「このクモたちはまだ子どもね」

「え、そこそこ大きいですけど」

「ジョロウグモ。ここから、淘汰《とうた》されていくの。強い子だけが秋まで生き残っていく。最後は、アシダカグモの大きさには勝てないけれど、手の中指よりは大きくなる」

「へえ」

アシダカグモの名前が出て、わたしはこの間、母が潰したクモを思い出した。

また前方を巣がふさいでいる。枝で切り裂くと、クモがあわてて逃げていく。半分にちぎれた巣の糸に木漏れ日が落ちてきて、きらっと反射する。

壊してごめんね。

なるべく、自分が巣の下をくぐったり脇へよけたりして、壊さずに進もうと思った。

「このあたりよ。ウマノスズクサの葉っぱの形、覚えた？」

「あ、はい……たぶん」

「幼虫の形も覚えた？」

「あれは、見つけたら絶対間違わないと思います」

「オッケー、じゃあ今日は必ず見つけましょ」

わたしたちはけもの道の右と左に分かれた。探しているのは、ウマノスズクサを食草としているジャコウアゲハという名前の蝶だ。

成虫のオスが飛んでいるのは、見たことがある。大きなアゲハで、基本黒い。尾の部分にいくつか赤い斑点がある。メスは全体的に少し渋めのみかん色と黒が混ざった色合いだそうだ。

飛び方に特徴があって、ひらら、ひららと、高く飛んでは舞い降りるように進む。上品なダンスみたいでけっこう好きだ。そばに近づいてくると、小鳥くらいの迫力があるので、うわ、と逃げてしまうけれど。

「これ、ウマノスズクサですかねえ」

わたしは嘉世子さんを呼びに行って、確かめてもらった。

「そうそう」

「なんか、わかるようになってきた」

またステージを一つ上がった気がする。つる性の植物は、葉っぱの形の似たものが多くて、容易に区別はつかない。でも、本気で探していると見分けられるようになってくる。

ウマノスズクサは、地面を這うように伸びている。時には木に巻き付いて、高いところまで伸び上がる。葉っぱは、トランプのスペードを細長く、限りなく縦に圧縮したような形だ。毒があるので、素手でちぎったりしない方がいいらしい。

ビニール手袋をつけた手で、葉っぱを一枚一枚めくって、裏を見ていく。

「今年はここに産卵してくれてないのかしら」

「わたし、メスを一度も見たことないんですけど」

「そうよね。わたしも二回くらいしか。他の場所にいるのか。それとも冬に何度も雪が降ったこと、影響しているのかしらねえ」

いつの間にか嘉世子さんが横に並んで、葉っぱをめくる作業をしている。わたしが見終わったものを、嘉世子さんはもう一度チェックしている。

信用されてない。見返したい。

そう思ったときだった。

「い、いいい？？？　た？」

変な声を出してしまった。

図鑑で見た感じと違う、と思ったら、二頭の幼虫が並んでいるのだ。

「え、どれ！」

嘉世子さんが覗き込んでくる。

「これです」

「やったじゃない！　偉いわ」

そう言われるのと、背中を叩かれるのとが同時で、しゃがんでいたわたしは前につんのめりそうになった。

「二頭もいる。かわいらしいわねー」

その言葉を聞くと、そうかも、という気がしてくる。

図鑑で見たとおりだ。黒と白がブレンドされた寸胴のイモムシで、体全体から、ぴょきぴょきと伸びている棘《とげ》みたいな突起がある。

「なんですか、このオレンジの」

黒白のイモムシの先端から、オレンジ色の角みたいなものが二本出ている。

「ああ、それね。警戒したり怒ったりしたときに、出すみたい。かわいいわよね」

なんでもかわいいと言ってしまう嘉世子さん。

つられて、だんだんお菓子に見えてきた。スーパーにこういうもの、売ってるかもしれない。ダークチョコレートにホワイトチョコを混ぜて、形を整えずに、敢えてトゲトゲした形状にすれば、まさにこのイモムシだ。

わたしが惹かれたのは、二頭のうち、少し小さい方だ。黒の部分が褐色なのだ。茶色と白のブレンド。より、淡くて性格がやさしい気がする。現に、黒白の方みたいに、オレンジの角を出さず、おとなしく葉っぱにくっついている。

「連れて帰りましょ」

嘉世子さんはいそいそとハサミを取り出して、ウマノスズクサを茎から切る。

「でも毒がある食草を体に取り込むおかげでね、ジャコウアゲハは鳥にめったに食べられないの」

「食べた鳥は死んじゃうんですか？」

「そこまでの毒じゃないけれど、とてもまずくて体調が悪くなるんでしょうね。鳥は学習して、手を出さなくなるの」

「へえ、じゃあ無敵だ！」

「幼虫の頃、寄生してくる虫が一番の敵かしらね。だから保護するのよ」

嘉世子さんはそのままウマノスズクサをもって歩き始める。

「あの、イモムシ、落ちちゃわないですか？」

「ジャコウアゲハは、しっかり葉っぱにくっついてるから、まず落ちないわね。見て、このあんよ」

立ち止まって、見せてくれた。本当だ。特に後ろの十本の脚。太くてむっちりしていて、吸盤みたいにくっついている。

離れに戻って、嘉世子さんが二頭をまとめて一つのプラスチックケースに入れようとしているので、わたしは頼んだ。

「あの！　その色の薄い方の子、こっちに入れてもいいですか」

別の小さなケースを見せた。

「いいわよ。家に持って帰ってもかまわないわ」

「いや、それは……親が絶対ダメだって言うので」

「じゃあ、ここに置いといて、凪さんが来られないときはわたしが代わりにお世話すればいいのね？」

「はい！　お願いします」

褐色のやさしい色合い。きっとメスだ。

「ジャコちゃ〜ん。ご飯食べますか？」

ウマノスズクサを多めに入れてあげた。


外はまだ蒸し暑いとまではいかないけれど、館内にはうっすら冷房がかかっている。

わたしは、風美花と一緒に「簔島隆三記念館」に来ていた。

「あ、このシーン、テレビで見たことある」

わたしは病院のセットを再現したコーナーに近づいた。

「これ、『魂の医師』シリーズによく登場してた部屋」

「ふぅーん、あたし全然わかんない。うちの親、テレビはほぼほぼ見せてくんないの」

風美花が退屈そうに大きく伸びをした。

「簔島隆三が、医者の役だったの。外科医なんだけど『魂は身体に宿ってるんだ』って言って、手術と同時に患者の心の悩みを解決するっていうシリーズ」

「ふぅーん。ねえ、あたし、向かい側のケーキショップ見てていい？」

「え、いいけど」

「んじゃー、ごゆっくりぃ」

ここに風美花が滞在していた時間は、ほんの五分くらいだ。中学生以下は入場無料の施設で本当によかった。

別に簑島隆三を知らなくても、嘉世子さんとの会話はまったく困らないのだけれど、一応見ておこうかと思って、いまさらやってきたのだ。

二階建てのこぢんまりとした建物のなかには、ドラマのセットの他、ギターのコレクション、着ていた衣装や小物、映画のポスターなどがあちこちに飾られていて、昆虫の標本コーナーもあった。

ほとんど立ち止まらずに、さーっと見て、外に出た。向かいの角屋《かどや》ケーキ店に行こうとしたら、左の方向から風美花の声が飛んできた。

「どこ行くの〜」

「あれ、風美花まだいたんだ」

「お墓参りしてた」

「お墓？」

「簑島隆三の。でっかいお墓だよ。墓石がギターの形してんの」

「へえ」

建物から庭の方へ歩いたところ、広々とした芝生の向こうにお墓があった。ここにお参りするのが目的の人も多いみたいで、今立っているおばさん二人も、花束をお供えしている。

「見て、お酒がいーっぱい」

と、風美花が指差す。わたしはうなずいた。

「ほんとだ。うちの家から、この記念館の前の広場、ちょっとだけ見えるんだ。でも、奥にお墓があるとは知らなかった」

「わたしたちもなんかお供えもってくればよかったね」

「そのへんのバッタつかまえて、お供えしようかな」

「へっ、なんでバッタ？」

風美花が笑い転げる。長くてボリュームたっぷりの髪が風で舞い上がった。

「すごい虫が好きなんだって。簑島隆三って」

あたりを見回してみると、幸い、虫は目に入らなかった。よかった。風美花にそう言った手前、意地でもつかまえなければいけないところだった。

わたしたちは横断歩道を渡り、角屋ケーキ店に入った。普通のテイクアウトももちろんあるのだけれど、お気に入りはできたてのエクレアだ。紙に挟んで、手渡ししてくれる。

「うまい。何このクリーム」

風美花が感心している。店の隅に、小さい丸椅子が三つと丸テーブルが一つある。そこに二人で腰かけた。

「今年も海の家でイベントやるかなぁ」

エクレアをかじりながら、わたしは言った。

去年の夏、鎌倉の海辺で、「NEW LEAVES」のうち神奈川県出身の三名が、トークショーをやったのだ。そのうちのひとりがヒカルだったので、もちろんわたしたちも行った。大混雑で、顔が見えるところまでは到底近づけなかった。潮風を浴びながら、声だけ聞いていた。

今年もやるなら、もっと対策を練らねばいけない。朝六時くらいからビーチに行っていた方がいいのかも。大きめのレジャーシートを持って。

「あたし、今年は行けないっぽい」

「え？」

「マジで、アメリカにホームステイ行かされることになりそう」

「えええー、ショック！　どのくらい？」

「一ヶ月。ほぼほぼ夏休み全部、に近い」

「うそーっ、全然遊べないじゃん」

ほんと何それ、と思う。今度の授業参観のときに、もし風美花の父親が来たら、近づいて足をムギュッと踏んでしまいたいくらいだ。

私立に通い始めて三年目。小学校時代の友達とは疎遠になってしまったし、横浜の中高に通う同級生はあちこちから来ているので、風美花のように、家が比較的近い子は少ないのだ。元々はもっと遠かったのだが、わたしが引っ越してきたおかげで、隣の隣の駅になったのだった。

エクレアを食べ終わったので、わたしはスマホを起動した。ワンクリックで、ニュースサイトのトップページが表示される。わたしが興味あるのは、芸能のところだけなので、トップのニュースは素通り……のはずが叫んでしまった。

「風美花！　大変！」

「なに、どうしたの」

覗き込もうとして、風美花が顔を寄せるけれど、わたしはスマホを持ったままバンザイしてしまった。

「年内デビューだって！」

「えええ？　あたしたちのヒカルが？」

「そう！　いや、でもこれ衝撃かも」

「何が何が」

風美花が自分のスマホを起動させながら、わたしをせっつく。

「『NEW LEAVES』全員のデビューじゃないの」

「エッ！」

「四人だけ」

「うぁぁ、その四人で新しいグループになるの？」

「そうみたい」

「ヒカルと、あと誰？　つかこれヤバいよね」

「うん」

これまで活動してきた「NEW LEAVES」は、一応正式メンバーは十一人ということになっているけれど、最近は事務所に入った若手がどんどん加わっていて、デビュー前の人全員、という雰囲気になりつつある。このグループでそのまま行くと、二十人くらいになるから、絞るのはおかしくないけれど、四人に漏れた人たち、特に正式メンバーの残り七人のファンたちがどれほど荒れるかは想像がつく。くやしさから、ヒカルのアンチファンにならないでくれるといいのだけれど。

いや、でも、今は他のファンのことを心配するよりも、まず喜びに浸ろうではないか。

「ヒカルゥゥゥ」

わたしが叫ぶと、風美花もマネする。

「ヒカルゥゥゥ」

店員さんがこちらを見てくすっと笑ったので、ぺこっとお辞儀をして、店を出た。

「グループ名とデビューの正確な日時などは後日発表だって」

そう伝えると、風美花は既に同じページを開いていて、

「ファンクラブ募集のご案内、近日発表なんだ！」

「目指せ会員番号一番」

「じゃあ、わたし二番」

さっき、お墓のそばでスマホを開かなくてよかった。簑島隆三に想いを馳せながら献花している人たちの、大蟹蹙《ひんしゅく》を買うところだった。

一気に元気が出てきた。これからデビューに向けて、雑誌やイベント、もしかしたらテレビ出演もあるかもしれない。イモムシ部よりもヒカル部が忙しくなる。

「八月にデビューしないよね？」

風美花が顔を曇らせる。

「ないよ。だって、今六月だよ？　八月なら八月デビューって書くよ。年内って言ったら、十一月か十二月だよ」

根拠がないわりに、力強く言った。

「そうだよね」

うんうん、と何度もうなずいて、風美花は続けた。

「ヒカルも、デビューの準備で歌やダンスを頑張るんだよね。じゃあ、わたしもホームステイ頑張ってくる。実は、昨日も行きたくなくてさ、父親とケンカしちゃったんだけど」

そうだ。風美花が自分の意思で行きたいわけではないのだ。

「わかった。風美花が一ヶ月行ってる間の情報、全部プロローグ経由で送るよ」

プロローグは、わたしたちがスマホでいつもやりとりをしている便利なツールだ。海外にいても、きっと見られるはず。

「まじありがとー。さすが親友だ。イモムシも頑張って、ヒカルとお近づきになってね。きっとデビュー後は忙しくなるから、知り合いになるなら今がきっとラストチャンスだよ」

「うん、やるよ。任せといて」

簑島隆三さん、どうかお孫さんとわたしたちの関係作りにお力をください。

お墓の方角に向かって、手を合わせた。


一歩外へ出て、わたしは玄関に逆戻りした。

蒸し暑い。

ハンカチでは足りないかもしれない。汗を拭くために、スポーツタオルを洗面所まで取りに行って、再びシューズを履いた。

ありがたくありがたく、かかとを踏みつぶすことのないように、そっと足を滑らせる。

なぜか。

実はこれ、先週日曜日のイモムシ部のときに、策をめぐらせてもらったものなのだ。

嘉世子さんに、「今履いてるシューズがどんどん小さくなってきちゃって。でもお小遣いが足りなくて。あの、前に借りたシューズを安く売ってもらえないかと思って」と頼み込み、案の定、「安く売る？　そんな必要ないわよ。もう光も履けないんだから、あげるわよ」というわけで、自分のものになったのだ。

難を言えば、本当はプラスチックケースでも買って、その中に飾っておきたいのに、頼んだ経緯上、イモムシ部の日に履いて行かなくてはいけないということだ。もし雨が降ったら、これは休ませて長靴を履こうと思っている。

帽子を目深にかぶって、目の下や鼻のあたりが日に当たっていないか確認する。さっき、顔全体に日焼け止めは塗ったのだけれど、そのうち汗が出てきて、流れ落ちるのではないかと心配だ。

六月の終わりといえばもう夏なのだな、と思いながら、外の門を閉めて歩きかけたわたしは、立ち止まった。

路肩に変なものがいる。数週間前の自分だったら、きっと気がつかなかったと思う。もし気づいたとしても、気持ち悪い、と見ないふりをしたに違いない。

青いダンゴムシだった。太陽光線の加減でそう見える、というような曖昧な色ではない。くっきりと真っ青だ。

しゃがみ込んで、歩く様子を確認した。この子、脚の先に熱さは感じないのだろうか。そのくらいアスファルトはあたたまっている。

「どうした、凪」

門が開いて、父が出てきた。今日は休日出勤しなくていいらしくて、チノパンにポロシャツ姿だ。

「これ、新種かな」

「ん？」

「ダンゴムシって普通、灰色か黒だよね」

「ああ」

「これ青いの」

「なるほどな。たまに見かけるやつだ」

まだそばまで来ていないのに、父はあっさりと、わたしの「新種」への夢を打ち砕いた。

「念のため、素手で触らない方がいいぞ」

「え」

「ウイルスに感染してるんだ」

「ええー」

「イリドウイルスっていうのに、ダンゴムシがやられると青くなるんだ。感染力はさほどないみたいなんだけどな」

「殺すの？」

父と言えば、母に「この虫、退治して」と言われて、自社の殺虫剤をさっと噴霧している姿が、わたしにとってはおなじみなのだ。

以前は、そんな父が頼もしかった。どんな蛾が出てもハチが襲来しても、父がやっつけてくれる。けれど、今はこの病気のダンゴムシがあっさり死んでしまうことに抵抗がある。

「殺してほしいのかい？」

「ううん」

「そうだな。じゃあ、会社に持って行こうかな」

「え」

「同僚が、青いダンゴムシのウイルスがどのくらい感染力があるか、調べてるんだ。それは仕事じゃなくて、なんつーか、仕事の合間の休憩時間の仕事、みたいな感じで」

「はは、何それ」

「タッパーに隠しといて、お母さんが見つけたらエライことになるな……。今日、やっぱり出勤するかな」

ダンゴムシ一匹のために会社へわざわざ行く父……。

「凪は、また簑島さんに呼ばれてるのか」

「うん」

「何やってんだ？　向こうで」

一瞬、言ってもいいかなと思った。ダンゴムシを大事にしてくれる父は、意外とイモムシも嫌いじゃないのかもしれない。家で使っている殺虫剤の駆除対象の虫に、たぶんイモムシは入っていないし。でも、父は母に秘密を保てない。母の強気な物言いにいつも負けてしまうのだ。やっぱり、こっそり何かを教えてあげるなんて危険だ。

「んー。プランターにお水あげたり、ベンチに植木鉢を運んだり。ちょっとだけ雑草も取る」

「すごいなぁ。凪が手伝いをするなんて立派だな。行っておいで」

手を振ってくれた。

坂道に、足がもうすっかり慣れてしまっている。あっという間に簑島邸に着いた。やっぱり額に少し汗がにじんでいる。スポーツタオルで拭きながら、インターフォンを押した。

出迎えに来た嘉世子さんがフェンスを開けてくれる前から尋ねる。

「ねえ、わたしのジャコちゃん、どうですか」

「うーん……元気がないのよね」

「え」

そんな返事を聞くとは思わなかった。

「もう一頭は、実はもうサナギになったの」

「ええっ！」

葉っぱで二頭並んでいた。同じ大きさだったから、ほぼ同時にサナギになってもおかしくない。

「昨日からあんまり動かなくなって。まあ前蛹かもしれないんだけどね」

ちょっと前までは「ゼンヨウ」などという言葉は意味も知らなかった。「全容」ならともかく「前蛹」なんて。

でも今はわかる。

イモムシはサナギになる前、その準備をするために、イモムシとサナギの中間のような状態になるのだ。

ほとんど動かなくなって、イモムシによっては体を半分丸めて、固まったようになる。当然、葉っぱは一切食べない。

「じゃあ、今日ここにいる間に、サナギになるのが見られるかな」

わたしは当分張り付くことにした。飼育室はゆるやかに冷房がかかっていて、心地がいいという理由もある。こんなに湿度も気温も高い日は、屋内にいるに限る。

「あ、ほんと、前蛹っぽいですね……」

ジャコちゃんはプラスチックの虫かごの底で、ウマノスズクサの葉を敷いたかたちで、動かなくなっていた。虫かごには、長い枝が斜めに入っている。嘉世子さんが入れてくれたもので、ここにぶらさがるとうまくサナギが作れるのだ。そうすると、羽化したときも翅をどこかにぶつけることなく、うまく広げられる。

「ただね、変なのよ。ジャコウアゲハってね、サナギになる場所で、つまりこの枝に糸をしっかりかけた状態で前蛹になることが多い気、するのよ。地面で動かない、っていう場合、考えられるのはもう一回脱皮するときと、それから……もう一つは……今言わなくてもいいかしらね」

嘉世子さんは首をひねってから、

「ちょっと他のイモムシの面倒、見とくわね」

と言って、プラスチックケースを三つ抱えて、庭へ出ていった。

死んでしまった、ということなのかな。嘉世子さんが言い淀んだ言葉を想像してみる。

死んでないよね。

ジャコちゃんに語りかける。

生きてますよ。

そう返ってきた気がした。何しろ、淡い茶色と白の体はまだみずみずしいのだ。死んだら、もっとひからびた感じになると思う。

それから十分近く眺めていたが、何も動きがない。いつまでもサボっているのも気がとがめたので、わたしはナミアゲハの幼虫のプラスチックケースを持って庭に出た。たくさんのフンを手早く水で流して、さっとペーパータオルで拭く。

ナミアゲハの幼虫に出合うのが六月でよかった。四月、最初に世話したのがこの虫だったら、わたしはお手伝い業を挫折していたかもしれない。

細長くて、「アオムシ」のイメージがぴったりであるモンシロチョウの幼虫と違って、ナミアゲハはでかい。存在感がある。四回脱皮を繰り返し、終齢幼虫となった今、緑色のモンスターみたいだ。体がごつごつしていて、表面が妙にマットな質感なのだ。体の横にある白い斑点も、修正液で塗ったような感じで、触ったら白色が指についてしまうのではないかと思わせる。

食欲がすごくて、葉っぱを一日で食べ尽くしてしまう。イングリッシュガーデンのすぐ先にある山椒の葉っぱがお気に入りだ。これを戻したら、どっさり取ってこなくては。

建物の入口で嘉世子さんとすれ違った。

「暑いから、麦茶持ってくるわね」

そう言って、母屋の方へ入っていく。

「助かりまーす」

そういえば初回だけお土産を持ってきたものの、それ以降はずっと手ぶらだ。いいのかしら。お駄賃あげる、と打診されたくらいだからいいのか。でもこんな暑い日は、水羊羹でも持ってきたら喜ばれるかもしれない。

今度の課題に、と思いながら離れに戻ってナミアゲハを元の場所に戻し、もう一度ジャコちゃんを

軽く確認し、山椒のもとへ向かいかけたわたしは、

「えっ」

と二度見した。ジャコちゃんの体の形が変わっている。体勢を変えたのかと一瞬思ったけれど、そうではない。背中の柄も変わっている。白と黒の体に、薄い緑色が加わった。

「え、なんなのこれ」

その小さな緑色が動いているように見える。ほんの二、三ミリだからよくわからない。

わたしはぐっと顔を近づけた。

「どうした？　ジャコちゃん」

そのとき、間違いなく見た。

ジャコの背中に穴をあけて、薄緑色のうじ虫みたいなものが、にゅうっと出てきたのだ。

「ちょ、や、きゃぁぁぁーーー」

喉に炎症が起きそうなほどの悲鳴を上げてしまった。後ずさりして、後ずさりして、壁にドスンとぶつかった。

そのましゃがんでしまう。うずくまっていると、今見たものは絶対に幻想に違いない、何かの間違いだ、という気がして、もう一度虫かごに近寄る勇気が湧いてきた。

近づいた。

同じものを見てしまった。

ジャコちゃんの背中を食い破って出てきているのは、一頭や二頭じゃない。既に五頭、もっと増えそうだ。

足音が近づいてきた。

「どうしたの」

嘉世子さんが麦茶の入ったボトルを、テーブルの隅に置きながら、尋ねてきた。

「あれ、あの……そこ」

食い破られた、とはどうしても言えず、指を差す。

ケースを覗き込んだ嘉世子さんは、静かに言った。

「やっぱり寄生だったのね」

「え？」

「これ、コマユバチよ、たぶん」

いったい嘉世子さんは何を言っているのか、わたしの頭はついていけなくなっている。

「色が淡くて、普通のとちょっと違うから、もしかしてとは思ってたのよ。でも、あなたが大切にするって言うし、うまくサナギになってくれたらって願ってたんだけどね」

ため息を一つついて、嘉世子さんは手招きした。

「こういうこと、イモムシの世話をするときは、避けて通れないから」

その手に魅入られたように、わたしはもう一度近づく。

「ジャコウアゲハは鳥には食べられないって言ったでしょ？　毒があるから。じゃあ、一番の敵は何か。それが寄生バチや寄生バエなの。ジャコウアゲハだけじゃない、たいていのイモムシが、寄生でたくさんやられちゃう」

「寄生って……いうのは……どういうふうに」

少し酸欠気味になっている。わたしは一言ずつ区切って息を吸った。

「イモムシの体のなかに産卵管を刺して、卵を産み付けるの。あるいは先に卵を葉っぱに産み付けておいて、イモムシが食草を卵ごと食べるのを待つ」

「ええ……」

「イモムシの中で生まれた子どもは、体を食べながら、大きくなる」

「え、でも！　ジャコちゃんは生きてる」

「そう。生かしながら食べる。残酷ね」

わたしは両手で口を押さえた。そうしないと、何かが出てきそうだった。言葉なのか、かなり消化された朝食なのか、自分でもわからないけれど。

最後の望みを託して叫ぶ。

「じゃあ！　寄生バチの数が少なかったら、食べられた量が少なかったら——羽化できることもあるのかな？」

ジャコちゃんは、こいつらが出尽くしたら、サナギになれないだろうか。普通よりも体重の軽い蝶になるかもしれない。それでもいいではないか？

「さあね。学者じゃないから、経験値でしか言えないけれど、寄生バチや寄生バエが全部外に出た後、イモムシは間もなく死んでしまう」

「え……」

「だって、そうでしょう？　体の中を食べられて、無事なんてこと、あるはずないもの」

「ひどい……」

「気持ちはわかるわよ。わたしも、虫は等しくかわいがらなくてはと思うけれど、寄生バチや寄生バエは苦手ね。でも、自然の摂理だから、これを殺していいのかっていうと違う気がして」

「よくあるんですか」

「年中よ」

こんなことにしょっちゅう立ち会うなんて無理だと思った。

「あの、わたし……」

帰ります、という言葉が出てこなかった。そのまま、入口へ向かった。大事にしているスニーカーを、今だけは雑に履いてしまった。とにかくここから離れたい。

ドアを開けて外に出た。さっそく湿気がまとわりつく。首に巻いていたスポーツタオルは、いつの間にか肩から太もものあたりに垂れ下がっていた。それをつかみ直して、そしてシューズを履き直す。かかとを踏んだまま家に帰ったら、せっかくもらったこの貴重な靴が傷んでしまうから。

しゃがんで紐を結んでいると、背後から声がした。

「泥棒かな」

「え？」

そのままの体勢で無理に後ろを向いたのは、その声が男性のものだったからだ。

視界に色の褪せたジーンズと、ナイキのスニーカーが目に入った。

見上げたら、太陽の光が目に入った。まぶしい。でもまぶたを閉じる瞬間に気づいた。

わたしは、このシルエットをよく知っているではないか。背が高く、ほっそりしていて頭が小さい。

目を凝らした。顔のパーツはしっかりしている。目も大きくて鼻すじも通っていて、くちびるはぽてっとふくらんでいるのだった。全身像は細ペンで描いて、顔は太ペンで描いたような感じ。というと、アンバランスな感じに伝わるかもしれないが、繊細さとヤンチャさを併せ持ったような、そういう人なのだ！

「ええ、えええ？」

勢いよく立ち上がり過ぎて、眩暈《めまい》を起こしそうだった。でもそんなことにかまっている場合ではない。

「簑島光……さん」

彼は黙ったまま、わたしのシューズを指さしている。

「ち、ち、違います。盗んだんじゃないんです。いただいたんです。嘉世子さんに」

「嘉世子？　ばーちゃんか」

「あ、あの、すぐお返しします。もうサイズ合わないから履かないって聞いていたので。わたし、ちょうどいいシューズがなくなっちゃって」

脱ごうとしたけれど、いつになく紐を強く結んでいたので左右のシューズをこすり合わせる形では、どちらもまったく脱げない。

「あ、えっと、今脱ぎます」

「ヌードモデルのセリフみたい」

「は」

「いえいえ、何でもないですよん。脱がなくてケッコーです」

「ええっ？」

と言ったのは、聞き返したかったからというより、しゃべり方に違和感を覚えたからだ。こういう口調の人なんだっけ？　トークイベントやラジオ出演のときは、もっと普通に話している気がするのだが。

「ばーちゃんに聞いたもん。お姉さん、イモムシの手伝いに来てる人なんでしょ？」

ヒカルにわたしの話が伝わっていたなんて。しかし、ここは訂正しておきたい。

「あの、お姉さんじゃなくて、わたしの方が年下です」

「名前も知ってる。腹巻凪《はらまき》。お腹あったかそうな名前だよね」

「いや、あの、腹巻じゃなくて、新巻なんです。新しいにマンガの一巻二巻の巻の字です」

「知ってるってば」

「え」

「ボケてるんだから、ちゃんと突っ込んでほしかったです」

いやいやいや！　初対面で、こちらはファンなのに、突っ込めるわけがない。

「おれの古い水虫だらけの靴をもらってくれてありがとう。お礼にジュースどうぞ」

水虫……も突っ込めない。

「ありがとうございます」

缶ジュースを受け取る。

「さっきそれ、地面に落としたけど、気にしないでね」

「えっ」

「だから冗談だってばー。おいっ、と思ったらすかさず突っ込まないと、いい芸人になれないよ？」

別に芸人になりたくないんで。

声に出して、どうしても言えない。だって、憧れていた人なのだ。本人がここにいるのに、自分のなかの虚像にしがみついてしまう。

何しろ黙っていたら、カッコいいのだから。

上目づかいで見上げて、そのまま視線をロックする。

やっぱりまぶしい。

顔が濃い。テレビや雑誌で見てると、ちょうど自分好みの濃さなのだが、実物は立体的で、ちょっと濃すぎるくらいだ。

足がすらっと長く、おしりは小さめだ。どこを見ているのだわたし。

彼は、こちらを見ているようで見ていない。ちょっと焦点のぼやけたような視線は、アイドルならではのテクニックなのか、もともとそういう目つきをする人なのか。追いかけても追いかけても振り返ってもらえなそうな、そんなせつなさを感じてしまう。

「で、どっか行くの？」

そう聞かれて、わたしは帰ろうとしていたことを思い出した。

そうだ。この家から引き揚げるつもりだった。寄生なんてものには、もう耐えられない。さようなら、嘉世子さん。さようなら、イモムシ。そのつもりだったのだ。

「えっと……」

けれど、ヒカルに会った以上、帰れるはずがない。たとえ抱いていたイメージとズレていたとしても。

「わたし、山椒の葉っぱを取りに行くところだったんです」

「へえ、アゲハ系の飯？」

さすがイモムシ通。食草の名前を言っただけで、蝶の名が出てくるとは。

「はい、ナミアゲハです」

わたしからも、何か質問をしよう。

デビューシングルはもう決まったんですか？　他のメンバー三人と仲がいいんですか？　グループ名は？　カノジョいませんよね？　好きな食べ物、カリフラワーって書いてあったけど、あれウケ狙いですよね？

何を聞いていいかわからない。そう思っていたら、先に言われた。

「あのさ、ついでにカラムシも取ってきてくんない？」

「カラムシ……どんな虫ですか」

「唐揚げそっくりの形してんの」

「ええっ」

「いるわけないだろ、そんな虫」

「は」

「もうノリツッコミばっかりやってて疲れるなぁ」

「すみません」

「真面目かっ。つまりさぁ、カラムシは虫じゃなくて、植物。こいつの食いもん」

今までヒカルが右手に葉っぱを持っていたことに、まったく気づいていなかった。

彼がそれをわたしの目の高さまで持ってくる。

「き、きええ」

悲鳴を堪えようとして、妙な声を発してしまった。

「ああ、やっぱりそうなんだ。ほんとはイモムシが苦手なのに、頑張って手伝ってる、ってばーちゃん言ってたな」

フフ、とヒカルは笑う。確信犯だ。わたしが怖がると知っていて、わざと見せたな、と思う。

「フクラスズメだよ」

「ス……スズメ？」

巨大イモムシだ。体長は、十センチ近くあるのではないか。しかも柄がめちゃくちゃ派手だ。黄色と黒のストライプで、脚や頭の部分が赤いのだった。

ナミアゲハが苦手だと思っていたけれど、あんなものはかわいい方だ。

「やーだ、外で話し声がすると思ったら、二人で盛り上がっちゃってるの。わたしを仲間はずれにして」

離れから、嘉世子さんが出てくる。

二人きりの夢の時間は終わった。と、思うべきなのに、助かった！　嘉世子さん来てくれてありがとうと思ってしまうのは、なぜなのだろう。

「光、また来たのね」

「家、近いしねー」

そう言ってから、わたしの方を向いて、ヒカルは続ける。

「おれは、江ノ電沿線なんで」

そうなんだ！と驚いたのが表情に出てしまったようで、

「まあ、あんま乗らないけどね。おれは鎌倉駅までだいたいマウンテンバイク」

と付け足された。

ヒカルは嘉世子さんの方に向き直って続ける。

「それに十月以降、あんま来れなくなるから」

えっ、十月デビューってことですか。大事な情報を、今すぐ風美花に伝えたくなるが、我慢する。

「じゃあ、せっかくだから三人でお茶にしましょ。イングリッシュガーデンを見ながら、テラスで紅茶とクッキーなんていかが」

イモムシ部を退部するつもりだったのは、忘れることにした。

わたしが山椒の葉っぱを取りに行き、ヒカルがフクラスズメを大きめのプラスチックケースに入れている間に、嘉世子さんがお茶を淹れてくれた。

ちなみにヒカルは、別にわたしに頼まずとも、カラムシの生えている場所を知っていたらしい。ケースの中には、緑の葉がたくさん入っていた。

「ねえ、凪さんは、今までわたしと仲良くしてくれていたけれど、光が現れたら光の方がいいんでしょ？」

クッキーを口に運びながら、嘉世子さんがいきなり核心を突いてくる。

「え、え、いえいえ」

この否定は、儀礼的なものとは言い切れない。頭のなかで想像していたヒカルの方が、正直わたし好みだった。当たり前か。自分好みの王子に仕立て上げていたのだもの。

「おれはこの人より、フクラスズメの方が好きだけどな」

失礼だ。わたしの王子はこんなこと、言わないはずなのに。

「まあ、光ったら相変わらずね」

ほほほと嘉世子さんは笑った。

「フォローはいいのよ。わたしと光で、わたしを選ぶ人なんていないわよねぇ」

「い、いいえ」

正直、嘉世子さんとヒカルは完全に互角です……どっちも微妙に選びたくない。

「でも凪さん、もし光を選ぶなら、蛾を選ばなきゃいけないのよ？」

「へ」

「わたしはチョーヤなの。そして光はガヤ。どちらかについていくなら、あなたはどっち」

「えっと。チョーヤとガヤってなんですか」

「チョーヤっていうのは梅酒だよ」

ヒカルが真顔で説明し、嘉世子さんがぷるぷると首を横に振る。

「蝶が好きで、それを追いかけているのがチョーヤ」

ああ、「蝶屋」だったか。やっと納得する。

「蛾が大好きで大好きでたまらない、っていう変わり者がガヤ」

なるほど、「蛾屋」か。

「さあ、どちらの世界を選ぶ。蝶屋か、蛾屋か」

いきなりヒカルが詰め寄ってくる。

「えっと……」

選ばずに、家に帰る方法はないものか。

言葉が途切れてしまうわたしに、嘉世子さんが畳みかける。

「蛾屋は嫌われるわよ。夜、活動するんだもの。みんなが寝静まったころに、雑木林に入って、観察するの」

夜の雑木林……昼でもぎりぎりなのに、絶対に無理だ。暗闇で飛び回る蛾が、顔すれすれに通り過ぎていくなんて、幽霊より怖い。

「昼間に活動する蛾もたくさんいますよ～。それに蝶の数は限られているから、蝶屋は頑張れば全部コンプリートできてしまう。蛾屋の方が、無限だよ。探しても探しても終わらなくて、なんなら新種だって見つかるかもしれない。さぁ、新種に君の名前をつけてみないか？　新しい蛾に、ハラマキナギと名をつけるのだ」

政治家のプレゼンのように、手を振りかざしながら迫ってくる。

「えっと……もう少し考えます」

わたしは、これ以上畳みかけられないように目を伏せたが、案ずることはなかった。もはやハラマキナギなど眼中になく、二人は言い争いを始めている。

「そんなに蛾屋にプライドを持ってるなら、あなた、アイドルでデビューしても『おれは蛾がだーいすきです』ってちゃんと言いなさいよ」

「おれは言いたいよ。言いたいですよ？　でも事務所からダメ出しされてるんだ。絶対秘密なんだって。虫が好き、まではぎりぎり許すってさ」

「じゃあ、光は蛾よりアイドルを選んだんだから、もはや蛾屋ではないのよ」

「ばーちゃんの飼ってるイモムシのなかにも、蛾はけっこういるだろ？　つまりばーちゃんは、蝶屋の仮面をかぶった蛾屋なのだ」

「光に頼まれたから育ててるだけ。自分では蛾は育てないわよ」

ああ、もう蝶でも蛾でもいいですから！

わたしはまだ熱い紅茶を一気飲みして、舌をやけどした。

# 七月

家から最寄りの駅のすぐそばに、スーパーとお花屋さんがある。学校帰り、わたしはお母さんに頼まれていたおつかいのため、立ち寄った。

冷房の効いたスーパーでしばらく涼んだ後、ようやくお花屋さんに向かった。

表にもたくさんの鉢植えが出ている。今は建物の陰になっているが、日中、直射日光を浴びたら植物も大変だなと思う。

頼まれたのは、「プリザーブドフラワーのラスカス」だ。店に常に置いてあるものではなく、わざわざ注文して、この日に入荷したのだという。

母は、庭にはたった一本しか木を植えなかった上に、切り花も嫌いで、花瓶に花を活けることなどない。

これはハーバリウムに使うのだ。去年くらいから始めた趣味で、ボトルの中にプリザーブドフラワーを入れて、特殊なオイルを注いで、蓋を閉めて観賞用に飾る。うちにも、五、六本ある。

ラスカスに花がついていないので、わたしは動揺した。母、または店側が注文を間違えたのかと思って。

でも、店員さんが言うには、ラスカスは緑の葉っぱがポイントで、それを使ってアートフラワーなどを作ったりするらしい。

店員さんが包んでくれている間、わたしは店内をうろうろと歩き回った。

バラ、カーネーション、カラー、ハイビスカス。雑木林に咲いている花とは違って、スターの輝きを放っているなと思う。

この間、嘉世子さんに教えてもらったのは、昼咲月見草だ。雑木林の半日陰に、たくさん咲いている。長めの茎を伸ばして、先っぽに淡いピンク色の花をつける。月見草は夜だけれど、この花は昼間でも咲くのだ。弱々しげに見えるのに、意外と暑さにも強いみたいで、先月あたりからずっとそのあたりは薄ピンク色に染まったままだ。

もう一つ、ルリマツリという花も教えてもらって、こちらも気に入っている。イングリッシュガーデンと雑木林を仕切るフェンスに絡まって、つるを伸ばしていた。小さな青い花が集まって、鞠《まり》みたいな形になっている。

どちらも涼しげだが、密やかな花だ。お花屋さんのオーラを放つスターの花々に比べると、明らかに地味ではある。でもそれがまたいい、と最近思う。

会計を終えて、帰りがけに、表に並ぶ鉢植えをチェックした。カラフルなニチニチソウが、一番幅をきかせている。端っこの方に、ハーブコーナーがある。この一角はすべて無農薬だそうだ。こういうのを買う人って、育てるんだろうか、それとも食べるんだろうか。

一個一個覗き込んでいたわたしは、

「ふわ！」

と思わず声を上げてしまった。

黒い小さなビニール製のポットに植えられているパセリ。全部で三株並んでいるのだが、そのうちの一つ、茂った葉っぱの上にアゲハの幼虫がいるではないか。ナミアゲハなんだろうか。それとも違うアゲハか。小さめだけれど、生まれたばかりの一齢幼虫とは思えない。二回くらい脱皮を繰り返した後の三齢幼虫だろうか。体は白と黒だ。太陽の光の加減かもしれないけれど、鳥のフンみたいに見える。でも細かく観察すると、黒い部分に赤いぽつぽつがいっぱいついている。

よくここまで見つからずに済んだものだ。パセリがもしゃもしゃと大きく茂って茎を四方八方に伸ばしているおかげかもしれない。

本当に無農薬で農家が育てているという立派な証拠だ。

しかし……この虫、どうなるんだろう。想像をめぐらせる。

誰かが買って家に持って帰ったとする。イモムシを見て、「きゃー」と騒ぎ、当然、つまんで捨てるだろう。いや、もっと手前で気づくか。買う前に、店員さんにクレームをつけ、その人が「あ、すみません」と何事もなかったようにティッシュにくるんで捨てる――どっちにしろ死んでしまう運命ではないか。

ちょっと前だったら、当然こう考えたはずだ。それでいい。イモムシ、さっさと駆除してほしい。というか、自分が買おうと思ったパセリにイモムシがついてるのを見つけたら、悲鳴を上げてしまう。親に頼まれたおつかいだとしても、買うのは中止する。なんの罰ゲームかと思う。

でも、そう考えていたであろう自分が、とてもとても遠くに感じられるのだ、今は。

この虫が殺されないで済む方法は何か。

すぐに思いついた。

自分が買って帰ればいいのだ。そして、庭の隅っこ、芝生を少しほじくりかえして、植えたらいい。そうだ、ヤマモモの根っこのあたりは、栄養のある土をわざわざ入れたと聞いた。あそこならパセリも育ちやすいに違いない。

わたしはイモムシのくっついているパセリを一株、手に取った。そして気づいた。隣の株にも、まったく同じサイズの幼虫が、葉っぱをはむはむ食べているということを。さらに、その隣の株にも一頭いるではないか。結局、置いてある三株すべて、「無農薬！　農家直送」という宣伝のカードごとカゴに入れた。

一株百五十円と安くて助かる。お小遣いから出そうか、ラスカスのお釣りから出してしまおうか迷ったけれど、結局自分の財布からちゃんと払った。これは、母のものではなく、わたしのものなのだから。

店員さんが、無造作につかんでビニール袋へ入れようとするので、わたしは、

「あ、ここに虫がいるんで、そっと入れてください」

と頼んだ。

「あー、虫いますか。今取りますね」

案の定、この反応だ。

「いいんです！　取らなくていいんです。このパセリは、虫が食べるために買うので」

あわてて言うと、店員さんは、首をかしげた。ああ、頭のなかで「なんだこの変な奴」って思ったな、とわかったけれど別にかまわないのだ。

ビニール袋を右手に提げて、ラスカスと学校のバッグを左手に持って、簑島隆三記念館の前を通り、ゆるやかな坂を上がる。吹き抜けていく風がちっともさわやかではなく、熱い。鼻の頭にじわりと汗が浮かんだのがわかったけれど、両手がふさがっているので拭けない。

でもいいのだ。イモムシ救済のためだから。こういう善い行いには報いがあると、昔話ではよく言わなかったっけ。人間に化けた生きものが、大きな箱と小さな箱を持ってどっちがほしいか聞きに来るから、小さい方を選ぶのだ。そうしたら、欲張らなかったご褒美に金銀財宝をもらえる——。どうでもいいことを考えているうちに、突然大事なことに気づいた。

わたしは立ち止まった。

イモムシのためにパセリをとにかく買うことばかり考えていたが、家に入った瞬間、母に「何なのよ、それっ」と叫ばれるのは目に見えている。この小さな黒いビニールのポットに入れたまま週末まで隠しておいて、嘉世子さんのところへ運んだ方がいいのではないか。あそこの雑木林なら、植える場所も選び放題だし。

そう思って、パセリを地面に置いて、バッグからスマートフォンを取りだした。家でかけるよりも、ここの道端の方が母に聞かれる心配がなくて安心だ。

嘉世子さんの自宅の番号にかけてみる。広い家だから、なかなか出ない。外出するときは、すぐ留守電になるから、在宅しているはずだ。離れにも子機があるので気づくとは思うのだけれど——雑木林の奥にでもいるのだろうか。二十回鳴らしても出ないからやめた。

かわりに「パセリ　アゲハ」でインターネット検索してみた。

キアゲハキアゲハキアゲハキアゲハキアゲハ。立て続けに情報が出てくる。パセリを食草にするのはナミアゲハではなく、キアゲハか。模様もこれから変わってくるのだろうか。

小学校のときのアサガオ観察日記みたいなものを、久しぶりにやってみたくなってきた。

帰宅すると、幸いにも母は医療事務のパートから帰っていなかった。

やはり初志貫徹しよう。

わたしはこのチャンスを生かすことにした。

ラスカスはキッチンに置いておき、パセリをさっそく玄関の外に運ぶ。ビニール袋から出しても、イモムシは環境の変化を気にせず葉っぱをもぐもぐ食べていた。

庭の北西の角に一本、ヤマモモが生えている。そのそばに行ってみた。予想通りだ。幹のそばは根のせいで硬いけれど、少し離れると、まわりの土はやわらかい。

しかし、シャベルがなかった。

庭仕事を一切しない母が、そんなものを持っているとは思えない。わたしは家に駆け込んで、階段を上がって自分の部屋に行き、お菓子の空き缶の蓋と、太めの定規を持って、元の場所に戻った。

ヤマモモの木の斜め奥に場所を定める。ここなら、木の陰に隠れて、日がわずかな時間しか当たらないから、干からびる心配がない。

定規を地面に刺して、練り練りする。やわらかくなった土を、缶の蓋で掘り返す。

間もなく、三つ穴ができた。そこにパセリを一つずつ植えていく。植木鉢から外すのが大変かと思いきや、指で押しただけで取れた。鉢のなかは土がほとんどかと思ったら、根がぐるぐるととぐろを巻いていて、さらに伸びる場所を探しているようだった。この鉢に長いこと閉じ込められて、うんざりしていたのかもしれない。

「大きくなってねー」

パセリにも、イモムシにも、同じことを思う。植えるときに葉っぱが揺れようとも、イモムシはちっとも気にしていなくて、もぐもぐは止まらない。

車の音が遠くから近づいてくるのを、カフェのＢＧＭのように聞き流していたわたしは、ハッとした。

母が運転している車だったのだ。

うちには車庫がない。家の前に二台駐車できるように、コンクリートのスペースがあるだけだ。今、うちの車は一台だけなので、母は雑に、斜めに停めてすぐに降りてきた。

「あら、何やってるの」

建物の陰に、空いたビニール袋や定規を運ぼうとしたが間に合わなかった。

「え」

「制服の裾に、土がついてるじゃないの」

着替えるのも忘れていたのか。

「ええっと……」

油断した。なぜ、帰ってくる前に、完全犯罪を成し遂げられると思い込んでいたのだろう。しかも、いくらヤマモモの陰と言ったって、木自体が、タイル張りの玄関からそう離れていない。見つかって当然なのだ。

「それ、なんのつもり？」

「パセリ。お花屋さんで見つけたから」

「あら。そんなのスーパーで買えばいいじゃないの」

「いや、食べるんじゃなくて、観賞用」

「観賞用なら、相談してちょうだいよ。パセリって観て楽しむものでもないでしょ。それ、無農薬なの？」

「そう」

「じゃあ、料理に使えるね。たくさん買いすぎたんじゃない？　でもまあ、冷凍しておいたらかえって使いやすくなるのよ。ぱりぱりに凍るから」

「冷凍しないし、料理にも使わないよ。だって」

「だって」

息を思いきり吸う。

「虫がいるから」

「な、なんですって」

母が半歩下がる。わたしは攻めに転じた。

「キアゲハっていう蝶の幼虫。パセリを食べてるの。だから、パセリは人間のためのものじゃなくて虫のためのもの」

「イヤよ、庭にそんなものがいるなんて」

「お母さん、このへん歩くこと、めったにないからいいじゃない」

おそるおそる近づいてきて、母は目を細めて焦点を合わせながら見ている。視力があまりよくないのだ。

「何の虫？　緑色なの？　気持ち悪い」

「緑じゃない。白と黒。お母さん、見なければいいでしょ？」

「凪、なんだか最近おかしいよ」

母はぷいと顔を逸らして言う。

「何が」

「虫、嫌がってたじゃない」

「こんな中途半端な田舎に越してきて、虫が全然ダメだったら、生活していけないじゃん。道路にもダンゴムシいるし、カタツムリいるし」

「それはお父さんが退治してくれる」

「命なんだよ？　犬とか猫の命は大事で、イモムシやダンゴムシの命はどうでもいいの？」

正論を吐いてみた。もちろん、母に通じるなんて思っていない。

「じゃあ、夏は蚊も殺さないのね？　血を思う存分吸われることね！」

母はバーンと大きな音を立てて、玄関の扉を閉めた。

わたしはしゃがんで、イモムシたちの様子を眺めた。さっきとは別の房に移動しているではないか。

早く嘉世子さんにこのことを語りたいと思った。


五日後、わたしは小走りに坂を駆けた。白から灰色へ、グラデーションのかかった大きな雲が空を覆っていて、ここ最近の日曜日のなかで最も涼やかだ。

でも、気温が低いから走っているわけではない。早く報告したいことがあるのだ。あれからもう一度電話したけれど、つながらなかったので、早く直接会いたかった。

イモムシがまた脱皮したのだ。ネットで調べた、キアゲハの四齢幼虫と完全に一緒だった。三齢幼虫までは、まだ他のアゲハの幼虫とも多少似ていたのだが、完全に独特な模様の背中になった。黄緑と黒のまだら。そこにオレンジのドットが混じっている。本当に正直なところを言ってしまうと、ちょっと派手すぎて、品のない気がしてしまう。けれど、もぐもぐやっていると、やっぱりかわいいのだ。地面にはフンが散らばっていて、葉っぱも最初のもふもふもっさりの頃よりも、だいぶ茎が目立ち始めている。とはいえ、まだまだ葉はたくさん残っているので安心だ。

三つの株の三頭が、みんな脱皮したので、このまま同時に五齢幼虫になって、同時にサナギになるのかもしれない。三つ子かな。お母さんが、次々と同じときに産んだのかな。ひらひらと飛ぶキアゲハを想像してしまう。

まだ実物を見たことはない。でも、ネットで成虫の写真をじっくり眺めた。翅の色はクリーム色と黒の模様がメインで、体の下の方に、鮮やかなブルーの模様があり、ワンポイントだけ赤がくっきり入っているのだ。

勇んでインターフォンを鳴らした。いつもしばらく待たされる。でも、今日はめずらしくすぐに声が聞こえた。

「はーい」

あれ？　嘉世子さんの声ではない。もちろんヒカルの声でもない。

女性ということしかわからない。

「あの……」

「はい」

「えっと、近所の新巻凪ですけど」

「あー、はい、お待ちください」

誰だろう。親戚のお姉さんだろうか。

しばし待っていると、入口のドアが開いた。わたしはペタンコの髪をなでつけた。現れた女の人の黒くて長い髪があまりにもつややかだったせいだ。前髪をつくっていないので、白いひたいが露《あら》わになっている。しかも足が長い。ジーパンを買ったら、裾上げをまったくしなくてよさそうで、うらやましい。

「あの、嘉世子さんは」

「奥様は入院しておられます」

「えっ？」

わたしの頭のなかをいくつかの重い病気の名前がかけめぐる。と言っても、テレビで見たような情報ばかりで、まだ病というものがぴんと来ないのだけれど。そういえば、嘉世子さんが何歳なのかを知らない。

「あの、それって」

「骨折です」

「うそ」

「転んで足の骨を折られました。足首のあたりで、手術をなさったので、しばらく入院されます」

重い病気よりはよかったはずだ。きっと。

「どこの病院ですか。お見舞いに」

「いえ」

彼女は首を振った。髪がうねりながら空気を揺らす。

「奥様は、入院中はあまり多くの方にお会いになりたくないようで」

きれいなお姉さんが、底意地の悪い人に思えてきた。自分が嘉世子さんを独占するつもりだろうか。

「でも！　イモムシの面倒、わたしが見なくちゃいけないし」

「新巻凪さんに、伝言をお預かりしています」

彼女はパンツのポケットから紙切れを取り出した。わたしに手渡すのかと思ったら、読み上げ始める。

「凪さん。イモムシのお世話をいつもありがとう。しばらく入院するので、イモムシはすべて佐川華乃《さがわはなの》さんにお願いして、元の場所に戻しました。よって、今月いっぱいはイモムシのホームステイは休止します。ただ、庭をお散歩したければ好きなだけ歩き回ってください。華乃さんにもそのように伝えてあります」

紙を折りたたもうとしたので、わたしはそれを受け取った。

「佐川華乃というのはわたしのことです」

さっきからこの人のバカていねいな言い方が気に入らなかった。中学生に対して、幼児を相手にしているみたいにしゃべりかける人も嫌いだけれど、この人は人間というよりＡＩに近い。

「ご親戚の方なんですか?」

「手伝いの者です」

　答えになっていない気がする。はぐらかされたのか、相手にされていないのか。

「イモムシ、佐川さんは触れたんですか?」

「華乃でけっこうです。奥様もそう呼んでらっしゃるので。イモムシはあいにく直接は触っていません。乗っている葉っぱごと、移動させてもらいました」

「どの木に戻すとかってちゃんとわかるんですか？　イモムシって、食べられる草が決まってるんですよ」

「奥様が、簡単な地図を描いてくださいまして、ここから何本目のどんな形の木に戻せ、などと詳細なご指示もいただいたので」

「地図を描かなきゃいけない庭って、普通あり得ないですよね」

わたしは笑いかけてみた。

「そうですね」

華乃さんは無表情を貫いている。

「あの、じゃあ、せっかくだから、いつもどおりお庭を散歩していいですか？」

「ええ、どうぞ。わたしは家のなかで用事をしているので、帰るときに声をかけてください」

外れ、だ。

わたしは門からぐるっと家を迂回して、イモムシの離れを右手に見ながらイングリッシュガーデンに出た。もっと気の合う人が来てくれたらよかったのに。「イモムシってちょっと苦手なの～」と弱みを見せてくれて、わたしが手伝ったり教えたりできたらよかったのに。

庭は、夏にしては涼しいせいか、花がいきいきしているように見える。オレンジとピンクを混ぜたような色合いのニチニチソウが、このあいだよりも茎をだいぶ伸ばしている。ルリマツリはそろそろ終わりだ。青い花びらが地面にたくさん散っていた。

雑木林に入ると、セミの鳴き声がうるさく降ってきた。そして足元から飛び立つバッタは、春のかわいらしいやつとは違って、ハッと足を引いてしまうほどに、大きくなってきている。

わたしは緑色や茶色のジャンプする虫はすべてバッタだと思っていたけれど、嘉世子さんにもう少しくわしい見方をこの間教えてもらった。触角が、体の長さよりも短いのはバッタやイナゴの仲間で、触角がうんと長いものは、キリギリスやササキリやツユムシなどだそうだ。一つ一つを見分けるのはまだ時間がかかりそうだけれど、少し手掛かりができた気がする。

今、フキの大きな葉の上に乗っかっているのは、クルマバッタだ。多分。

それでも……わたしの足は徐々に鈍くなる。

見上げると木々の葉が茂り過ぎて、その影は濃い緑を超えて黒っぽい。風がときどき吹き抜けると、それらがざわめいて、暗い交響曲の前奏みたいに不吉めいて聞こえる。

「うわあぁぁっ」

わたしは大声を上げて両手を振り回してしまった。目の前に突如、黄緑色のイモムシが現れたのだ。手が細い細い糸に絡む。それを振り払うと、イモムシはどこかに消えた。

そこまでしてから、やっと気づいた。

高い木の枝にきっといたのだ。それが、敵に襲われ、必死に逃げたに違いない。糸を繰り出してぶら下がって決死の思いで生き延びようとしたのに、わたしが振り払ってしまった。

もしそっと手に乗せていれば……。見たことのないイモムシに思えたけれど、この木の葉っぱをはじめ、いくつかの食草を与えてみて、食べるようだったらそのまま育てたら。どんな成虫が現れるのか楽しみにできたのに。

イモムシってかわいい。そんなことを言っていられるのは、嘉世子さんがいてくれるからなのだ。いまさら気づく。

毛がモフモフした毒蛾でもなかったのに、体長一センチ弱の小さなイモムシがあの瞬間、無性に恐ろしかった。

どこに行ったのだろう。しゃがんでみたけれど、見つかるわけはない。数えきれないほどの数の下草が覆っている。名前がわかる植物はほんの少しだ。ジャコウアゲハの食草のウマノスズクサとツタと葛《くず》くらい。あの虫は自分の食べられる葉に出合えるのだろうか。それまでに敵にやられてしまうのか。

さらに一歩、二歩進む。とても狭い歩幅で。

しかしそこで止まった。

二本の木の間で、ジョロウグモが大きな巣を張って通せんぼしていたからだ。

嘉世子さんがいるとわたしは心強くて、「ごめんね。人が通らないところに家つくってね」と言いながら、枝で巣を払う。ジョロウグモは、崩れた家の糸を伝って、あわててどこかへ逃げ去る。

けれど、今同じことをやったら、ジョロウグモが「ふざけんな」と言って、こっちに向かって長い脚を伸ばしてくるような、そんな気がするのだ。

足元にダニよけスプレーをかけ忘れた。それを思い出したのが決定打となり、わたしは百八十度向きを変え、ゆるい坂を上ってイングリッシュガーデンまで戻った。ちょうどテラスから華乃さんが出てくるのが見えた。ガーデンの隅にある水道のところへ行き、ホースをつなごうとしている。

「お水あげるんですか？」

わたしが尋ねると、彼女は振り返って、そしておでこに垂れてきた髪を払った。

「毎日あげるように言われてるから」

「朝か夕方じゃないとダメですよ」

腕時計を確認しながら、わたしは言った。今、午後三時十五分だ。

「あら、そうなの？」

「日が暮れるくらいにならないと、地面が熱くて、水が蒸発しちゃって、そうすると植物も枯れるから」

「ああ、そうか」

「今日は涼しいけど、でも。あと二時間後くらいの方が」

「ありがとう」

よかった。この人が園芸にくわしいわけではないことがわかった。花も虫もよく知っていたら、嘉世子さんに「凪さん、もうあなたは来なくていいわ」と言われてしまいそうな気がしていたから。

「今日は帰ります」

嘉世子さんがいなくて心細いのでとは決して言いたくないので、

「この後、用事があるので」

と付け足した。

「わかりました」

ホースを元の位置に戻しながら、華乃さんが返事をする。

わたしは元来た道を戻って、門を出た。離れた瞬間にカチャリと、ロックの電子音が聞こえてきた。華乃さんが家に戻って操作したみたいだ。もう少し離れてから閉めてくれたらいいのに。まるで締め出されたみたい。

下を向いて歩いていたわたしは、

「おう」

という声を聞いて、顔を上げた。

「あっ」

ヒカルがいた。ブルーの小さなロゴが入っただけの、真っ白なシンプルなTシャツにジーパン。日が差してないのに、全身が反射しているようにまぶしい。

用事があるなんて言わなければよかった。あと少し雑木林を散策していればよかった。後悔が束になって押し寄せてくる。

「帰るんだ？　おれたちすれ違いの恋ですねぇ」

「誰と誰が恋ですか」

やっと突っ込めた。とはいえ、これ以上のボケは捌《さば》きかねる。あわてて付け足した。

「嘉世子さんがいないと、つまんないし」

華乃さんという人がなんだか冷たくて居心地悪いし。と付け足したかったが、もしヒカルがとても仲良しだといけないので、やめておくことにした。

「あんまり信用しすぎない方がいいぜ」

「え？」

何のことを言っているのかわからなかった。

「信用って」

「ばーちゃん」

「え？　え？　ヒカルさんは嘉世子さんのこと、嫌いなんですか」

ほっぺたが赤くなる。ヒカルさんって呼びかけてしまった。

「大好きだよー。お小遣いくれるし。蛾の幼虫もおれの代わりに育ててくれるし」

「好きな理由が微妙ですね」

「ただ、がむしゃらに信用してると危ないぜぇ」

「え」

「ばーちゃん、役者じゃないけど、役者の妻だからさ」

「どういうことか……よくわかんない」

「よくわかんないように、言ったんだもーん。ムフフ。じゃあね、バイバイ」

あなたこそ……アイドルこそ、よくわかりませんよ！

「あ、ねえ、ちょっと」

もう一度口を開きかけた頃には、ヒカルは門の鍵を開けて、なかに入っていってしまった。

夏休みに入った。

普段の学校生活も冴えないけれど、休暇が始まってもそれは同じだ。やることといったら、パセリのイモムシの観察くらいだ。それ以外にやることがない。

朝九時まではだらだらと寝る。もっと寝ていたいのだが、その時間になると、カーテンの隙間から朝日がベッドに差し込んでくるのだ。

この日もわたしはようやく起きて、階下のリビングで朝ご飯を食べた。

母はとっくに朝食を終えて、何やらあわただしくキッチンとリビングを往復している。

リビングのテーブルには、縦長のガラスのボトルがずらりと二十本ほど並んでいて、絨毯《じゅうたん》には段ボールが三箱積まれていた。

「何やってんの」

わたしが尋ねると、母は立ち止まった。

「ああ、なんとわたしが先生をやることになっちゃったの」

「ハーバリウムの？」

「そう。この自治会館で教えてみたら、って自治会長の広瀬さんが勧めてくれて。わたしなんかにできるのかしら」

「いつから」

「とりあえず、来月下旬の週末に一回やって、続けたいっていう人がいたら、月二回くらいでやるのかしらね。ああ、参っちゃう。自分がまだ習ってる身だっていうのに。そりゃあ、入口は簡単に見えるわよ。でも奥が深いの。ハーバリウムって。材料も多めにしてみんなが好きなお花を選べるようにしないといけないし。困っちゃうなぁ」

言葉とは裏腹に語尾は弾んでいる。

ひとりで浮かれていて、ずるい。

父は七月中に何かまとめなくてはいけないレポートがあるらしく忙しくて、家族で旅行する話はまったく出ていない。

いいけど。小学生のときのように、絵日記のネタ探しをする必要もないのだから。

「そっちは？　凪の方はどうなの」

「どうって何よ」

強めに声を発する。

「大好きな簑島さんちに毎週行ってたのに」

たしかにそうだ。日曜日は必ず嘉世子さんのところへ行くのが、春以来の習慣だった。夏休みに入ったのだから、毎日行こうと思えば行けるのに。

でも、あのよそよそしい庭をひとりで歩く気になれない。

「来週退院なんだって。嘉世子さん」

「ああ、そうだった。入院してらしたのね。お見舞い行かなくてよかったの？」

「こないだスマホに電話もらって。ノーメイクのときは来てほしくないいんだって」

「あらまあ」

「退院したら連絡くれることになった」

「そう。じゃあ、うちにお友達でも呼んだら？」

「え」

「ハーバリウムに興味のある子いたら、教えるわよ？　自治会館でやる前に予行演習したいし」

「うーん……」

風美花は今、アメリカのワシントン州シアトルという街にいる。何度か、プロローグ経由で写真を送ってきている。郊外のきれいな住宅にホームステイしているそうだ。

風美花以外に誘いたいと思う子はひとりもいない。

「みんな、夏休みは旅行したりホームステイ行ったり、忙しいんだから」

イヤミを言ったけれど、母は上の空で、あるいは意図的な上の空で、

「あら、そうなのねー」

と言ったきり、段ボールの開梱に取り掛かっている。

午後は図書館にでも行くか。

ぼんやりそんなことを思いながら、玄関を出た。むわりと湿度の高い空気が、ほっぺたやアゴに張り付いて汗を引き出す。ヤマモモの木の下のふさふさのパセリを観察しようとして、

「え」

と声を発してしまった。ちっともふさふさではない。

しかもイモムシたちは脱皮しているではないか。終齢幼虫になっているではないか。

黄緑の地に黒いストライプがますますマットな質感になっていて、正直不気味さを増している。恐ろしい食欲だ。ひとつの枝の葉っぱをきれいに端からすべて食べ尽くしては、別の枝にうつっている。葉っぱがもう少なくなっていることに気づいているのか、しぶしぶといった様子で、茎まで食べている。

あと何日かしたら、サナギになるはずだ。ぎりぎりもつだろうか。しゃがんで、三つのパセリを順に覗き込む。

「キーちゃん」

キアゲハだからそう命名していた。もっとも三頭ともひっくるめて、キーちゃん。個別の名前は用意していない。

ワシワシ、くしゃくしゃと、イモムシたちが葉を食べる音が聞こえてきそうだ。

これでは足りない。せっかくここまで大きくなったのに、サナギになるエネルギーを溜められないかもしれない。

わたしは決意した。

顔を洗って着替えて、お花屋さんに向かった。パセリがなかったらどうしよう。この間自分が全部買い占めてしまったことを思い出す。その場合は、スーパーで売っている食用のパセリでも大丈夫だろうか。あるいは、モノレールに乗って街まで出て、もっと大きなお花屋さんを探すべきか。

店に着いた。無農薬ハーブのコーナーが消えている、と思ったら、なくなったのはその看板だけだった。ちゃんとパセリはあった。みずみずしくて大きい。しかも、値下がりしているではないか。前回よりも五十円安い。一株を三頭で分けてね、と言い含めることもできないから、一応一頭ずつ一株、合わせて三株買った。大盤振る舞いだ。

残念ながら今回は、幼虫はくっついていないようだけれど、もしかして葉陰に卵があって、孵化するかもしれないし……。

生きものがいる生活っていいな、と思う。

少し微妙な柄のイモムシでさえ、こんなにかわいいなら、犬や猫を飼ったらどうなんだろう。

人間以外の生きものは絶対に家に住まわせたくない、と頑なに言い張る母がうらめしい。大人になって独り暮らしできるようになったら、ペット可のアパートを探そう。

帰宅して、日が落ちて少し涼しくなった頃に再び外に出て、ヤマモモの下に三つの穴を掘った。パセリを植え替えて、それから水をたっぷりやった。

気づくかしら。新しいパセリの上に、移動させてやるのが親切かしら。そのためには、この黄緑と黒のド派手柄に触れなくてはいけない。自分の指ではどうもつかみたくない。でも、お箸を使って、体をうっかり傷つけてもかわいそうだ。

今、わたしは日本で最もイモムシに心を寄せている中学生ではないだろうか。

結局、イモムシたちが自力で気づいてくれると信じて、そのまま放置することにした。


翌朝、わたしは朝食を終えると、急いでパセリのもとへ行ってみた。熱風がゆっくり流れていくけれど、建物の陰になって、パセリはいきいき茂っているように見える。

やった。

イモムシたちが、三頭とも見事に、わたしの意図したように新しいパセリに移っていた。一頭は下の方の枝につかまっていて、一頭は茎にくっついていて、もう一頭は一番上に乗っかっている。

「キーちゃんたち、食べたいだけ食べていいよー」

そういえば三齢幼虫以降、写真をとっていなかった。しまった。後でアルバムにして、嘉世子さんに見せようと思っていたのに。四齢を飛ばしてしまったけれど仕方がない。わたしはカメラを部屋から取ってきて、パチパチと撮影した。暑さのせいで、手に汗が浮かび上がってくる。それをTシャツでぬぐって、撮り続けた。

図書館に行って、夕方戻ってきたとき、わたしは、あれ?としゃがみこんだ。

イモムシたちの位置がまったく変わっていないのだ。朝と同じ。偶然だろうか。それとも、もうサナギになる前触れなのか。

ジャコウアゲハと同様に、この五齢幼虫も、サナギになる前の前蛹の時期に、しばらく動かなくなるはずだ。でも、それはサナギになる場所を決めてからの場合が多い。今までと同じ葉っぱの上で、そのままというのは考えづらい。

葉っぱをゆらしてみる。

もぞっと、頭が小さく動く。

夏バテだ、きっと。

そう自分に言い聞かせながら、家に戻った。

その日の夜、夢を見た。イモムシたちは、わたしの部屋を動き回り、一頭は電気スタンドにぶら下がり、もう一頭は窓辺に、もう一頭はベッドの端っこにくっついて、サナギになった。おかげで、ブランケットをかぶせてしまわないか心配でうまく眠れない……ところで目が覚めた。

現実はどうだろうか。朝ご飯の前に、まずは表へ出てみる。ヤマモモの下。

イモムシはそのままだった。

昨日とまったく同じ位置で、葉っぱや茎にくっついている。明らかにおかしい。

寄生されてしまったのだろうか。三頭が三頭とも？

表面を食い破って何かが出てきた形跡はない。しっとりとしていた体が、乾いてきているようにも見える。

茎にくっついているイモムシを、昨日と同じように、指で頭をちょんとつついてみた。その途端、体がぐらっと揺れて、上半身が茎から離れた。以前、学校の教室で貧血を起こしてばったり倒れて意識を失った子のことを、なぜか思い出した。

イモムシの下半身は茎にしっかりくっついている。後ろ脚の十本は、こんなときでもピトリと張り付いたままなのだ。だから地面に落ちない。けれど上半身は重力に抗えないので、まっすぐな下半身に対して、上半身が九十度反りかえった形、ひらがなで言うと……と考えて、数字の方が適当なことに気づいた。「7」だ。

そんなことをあれこれ考えてしまうのは、現実逃避したいからだった。

こんな状況の虫は、嘉世子さんのところでも見たことはない。寄生ではない。

自分のせいだと思いたくなくて、目を逸らしていた。けれど、現実ではないのか？

このパセリが、無農薬ではなかった可能性が高いのではないだろうか。

わたしは朝食を半分残した。フルーツと卵にラップをかけて冷蔵庫にしまってから、着替えて、「ちょっと散歩してくる」

と家を出て、花屋さんに直行した。帽子を忘れたことに気づいたけれど、一瞬立ち止まっただけで、わたしはまた歩き出した。

早く正解を知りたい。

ハーブコーナーはこのあいだと同じようになくて、すみっこのパセリは、わたしが三株買ったときのままになっている。つまり、あと二株残っていた。

わたしのパセリを会計した女の人が店にいた。

「あの！」

パセリを指さす。

「これって、無農薬ですよね？」

「あ、違いますよー。無農薬なら無農薬って書きますんで」

やはりそうだった。イモムシを瀕死の状態に陥らせているのはこのパセリで、それを買ったのはわたしなのだ。

「でも、前は無農薬って書いてあって」

「ああ、最初に仕入れたのは無農薬でしたよー。けど、思ったより売れちゃってね。追加で仕入れたのは無農薬じゃなかったんで、そういう表示は外したんだけど。もしご希望でしたら、もう一度仕入れの方に当たってみますけど？」

この人は、わたしが二度買ったのを覚えていない。「ああ、あのときの！　買ってくれましたよね?」と言ってくれたら、実はイモムシが、と話したかったのに。「ごめんなさいねー!」と言ってもらえたら、少しでも罪をシェアできた気になれたのに。

いや、八つ当たりだ。

確認しなかった自分が悪いのだ。

農薬のついたパセリを与えてしまった自分に、全責任がある。

今頃、無農薬を注文したって遅い。

「もういいんです」

喉が渇いていることに気づいた。店の前に自動販売機がある。でも、あの虫たちに苦しい思いをさせているのが自分なのだと思うと、炭酸飲料でぷはーっとやるのは違う気がしてしまうのだ。

坂道をのろのろと歩く。

こんなに暑いのにカラスが一羽、斜め上方をすうっと飛んでいき、ぺっと白いものを落としていった。

頭にかけられなくてよかった。ようやく、ぼんやりした状態からスイッチが入った。もっともこの白いものは、ウンチではなくてオシッコなんだと、風美花が力説していた。本当なんだろうか。

そういえば風美花はどうしているだろう。シアトルにもカラスやイモムシはいるのかな。

家の門を入って、ヤマモモの前に向かう。奇跡を願う。あのイモムシが、上半身もシャキッとして、突如また葉っぱを食べ始めている様子を。

けれど、そんなことはなかった。だらりと上半身を反らし、もう二つ折れに近い状態で、キアゲハはぶらさがっていた。

あとの二頭に触れても、もうまったく動かない。一頭は、葉っぱからずり落ちて、土の上にごろんと横たわった。

わたしが余計なことをしなければ、最初から無農薬パセリを買わなければ、この子たちには生きる道はあったのだろうか。

いや、おそらくない。即答してしまう。

お花屋さんが気づくか、お客さんが見つけるか、とにかく簡単に駆除されてしまっていたはずだ。

わたしが買ったところまでは正解だった。でも、新たなパセリを買い足したのは、完全に余計なお世話だったのだ。

きっと食べ物が少ないなりに、彼らは小さなサナギになったのかもしれないのに。

あるいは、無農薬かどうかをしっかり確認して、違うと知ったら、モノレールに乗って別の店まで探しに行けばよかったのだ。

キーちゃん一号二号三号。命を預かったのに、死なせてしまった。

本当なら、このぐにゃりとした体を早く土に埋めてあげた方がいいのかもしれない。けれど、まだ生きている、まだ奇跡が起きるかもしれないと思って、身動きできないでいた。

嘉世子さんに会いたかった。

ヒカルに、微妙なボケの言葉でもいい、何か声をかけてほしかった。

# 八月

嘉世子さんは、松葉杖を使ってひょこ、ひょこ、とゆっくり歩く。そして、イングリッシュガーデンのすみっこにあるデッキチェアに座った。すぐそばにある大きなクヌギの木が、日陰をつくってくれている。

「ねえ、凪さん」

「はい」

「虫を撮影してきてちょうだい。イモムシでなくても」

デジタルカメラを渡された。

「虫って……どんな虫でもいいんですか？」

「なるべくめずらしいのを」

「はぁ」

ふーん、と嘉世子さんは長めに鼻を鳴らした。

「退屈なんだもの」

前よりも少し甘えた口調になっているのは気のせいだろうか。やはり、入院がよほどつらかったのか。

「本当は、どこにだって行けるのよ。松葉杖にもすっかり慣れたもの。でも、光に禁止令を出されたの」

「ヒカルさんに」

自動的に反応してしまう。

「坂道でまた転んで、今度は股関節骨折でもやったら大変だ、って。坂道で転んだんじゃないのに。家のなかで転んだのに」

順調ならあと半月ほどで松葉杖を手放せるそうだ。それまではイモムシのホームステイもお休みなのだった。どちらにしろ、さっきいったん雑木林を見てきたが、一頭も見つからなかった。この暑さで、死んでしまったのかもしれない。

そしてわたしは、死なせてしまったキアゲハのキーちゃんたちをまた思い出す。テレビでも人の会話でも「死ぬ」という言葉を聞くたびに、そこへ着地してしまうのだった。

ホームステイがお休みでちょうどよかったかもしれない。虫は育てるよりも、ただ写真撮影した方が楽だ。

「拡大モードを使うと、五ミリの至近距離まで近寄れるからね」

嘉世子さんがカメラの説明をしてくれる。

「ただ、接写するまで動かない虫はめったにいないわね。まあ、狙うとしたら交尾中の虫……あ、中学生相手にやめときましょうね」

ぎこちなく言葉を濁している。

交尾は理科の教科書でもやったから別にいいんだけど、と思いながら歩き出す。

この間、敵意を見せていた森は、今日はそうでもない。日差しが強くて、葉の間から光が差し込んでくるせいでもあるけれど、やっぱり嘉世子さんの存在が大きい。

何か、妙なものを見かけたら走って戻って訴えればいいのだ。

見つからない。何もいない。

歩くスピードを落とした。本当は、一分間に一メートルくらいの速度で進むといいらしい。葉裏をいちいち覗き込み、茎もチェックするには、それほど時間がかかるのだ。

「あ」

いきなり大物を見つけてしまった。といっても、胴体はさほど長くない。触角が体の倍くらいあるのだ。キボシカミキリ。濃い緑にも灰色にも見える体に、黄色い斑点がいっぱい入っている。

接写したら逃げてしまうので、普通のオートモードで撮影した。ピントがうまく合ったかわからないけれど、嘉世子さんが種類を判別できる程度には撮れているだろう。

数歩進んだら、足元から何かがバババッと猛スピードで飛び出して、わたしはフリーズした。どうやらトノサマバッタみたいだ。かなりの距離を飛べるらしい。

「うわ、なんだこれ」

妙なものを見つけてしまった。さっきのはカミキリだとすぐにわかったけれど、こいつは体全体が楕円形のフォルムなので、なんなのかわからない。背中に光沢がないので、たぶん甲虫ではないのだろうな、と雑な判断しかできない。

黒い背中でごく一部がオレンジ。気味が悪いのは、白い細かい斑点がびっしり全面についていることだ。体は三センチくらいだろうか。その全長に対して極めて小さい、二、三ミリほどの頭部から短い触角が伸びている。

身動きしないので接写できそうだけれど、突然動きそうで、へっぴり腰になってしまう。これも、とりあえずオートで撮影しておいた。

さて次の虫、と思ったけれど、見つからない。かわりにリスがちゃっと走っていった。台湾リスだ。嘉世子さんが言うには、このあたりでおそらく昔誰かが飼っていて、逃げたのか逃がしたのか野生化してしまったのだそうだ。今ではこの一帯で大繁殖している。

それを聞くまでは、シッポがふわっとしていて愛らしいと思ったのだけれど、今ではずうずうしく丸々と太ったやつに見える。それでも、やっぱりカメラに収めてしまう。

突き当たりのフェンスが見えてきた。永遠に林が続きそうなこの邸宅にも、終わりはあるのだ。

フェンスには葛のつるが絡みつき、葉を茂らせている。濃い牡丹色から紫へのグラデーションがかかっている花は、自己主張が強い。先っぽがピンと伸びて、ニワトリのとさかみたいだ。

その花の上にシジミチョウという蝶の幼虫がいるらしいけれど、手前にササと雑草が生い茂っていて近寄れない。

元来た道を戻ることにした。

途中でジョロウグモの巣をひっかけて、

「うわああ」

と声を出してしまう。

「何？　大丈夫？」

遠くから嘉世子さんが呼びかけてくれるのが心強かった。ずっとイングリッシュガーデンのテーブルで待っていてくれたらしい。パラソルが日差しを遮るとはいえ、やはり暑いのに。

「おかえりなさい。どうしたの」

嘉世子さんに迎えられた。いまさらジョロウグモに脅かされたなんて言ったら、成長がないわねとあきれられそうなので、

「転びそうになって」

とごまかす。

撮った写真を見せたら、嘉世子さんは喜びのあまり、手を振り回し、テーブルに立てかけていた松葉杖に当たって、それらが地面に転がった。わたしは拾って、再び元の通り立てかけた。嘉世子さんは、転がしたことにも気づいていない。写真に見入っている。

「これは、ビロードハマキよ！　図鑑でしか見たことなかったわ。よく見つけたわね」

さっき、わたしが不気味過ぎると思っていた、白の斑点がいっぱいのやつだ。

「美しいわねえ」

嘉世子さんがしきりに感心しているので、そうか、きれいかも、という気がしてきた。

「飛んだ？」

そう聞かれたので問い返した。

「飛べるんですか？」

つまりあの謎の模様のどこかに翅が隠されていたということか？

「そりゃ飛べるわよ。蛾だもの」

「えええーーーっ」

思いきり声を上げてしまった。

「ほほほ、なんだと思ってたの？」

嘉世子さんが笑う。

「いや、たしかに触角ありましたけど。翅なんかどこにも」

「葉っぱを揺らしてみたらよかったのに。そうしたら飛ぶわよ。ねえ、ちょっと華乃さん、昆虫図鑑を出してちょうだい、って呼んだって聞こえないわね。家のなかだもの」

わたしは代わりにテラスへ行って、ガラス戸をスライドさせて、室内を覗き込んだ。

華乃さんはキッチンで何か作業をしていた。

「あの、嘉世子さんが昆虫図鑑を出してほしいそうです」

彼女はエプロンで手を拭きながら現れ、リビングの棚をしばし眺めてから、一冊を取りだしてわたしに渡した。

なんだか感じが悪い。キッチンに戻って行く彼女を見ながら考えて、気づいた。返事をしてくれなかったからだ。

イングリッシュガーデンから、嘉世子さんの小さい声が聞こえる。

「華乃さん、リビングでお茶の用意しといてちょうだい」

「かしこまりました」

ガラス戸から顔を出して、華乃さんはそう答える。嘉世子さんには返事をして、わたしにはしない。

しかし、間もなく華乃さんに対する評価が変わった。リビングテーブルに準備してくれたお茶とお菓子がすばらしかったのだ。

お菓子は買ってきたものではなく、華乃さんが自分でこしらえたクリームチーズケーキなのだという。

アイスティーは、ほのかに桃の香りがして、これも暑かった体には最高のごちそうとなった。

リビングを通り抜けたことはあったけれど、ゆっくり座らせてもらうのはこれが初めてだ。普通の家と大きく違うのは、その広さもだけれど、壁にかかっている物だ。うちはリビングに一枚、風景画が飾られているけれど、ここはあっちもこっちも簑島隆三だった。何か賞状のようなものをもらっている写真もあれば、映画のワンシーンみたいなカットもある。わたしのスマホのカメラ機能に「セピアモード」というのがあって、撮った写真をセピア色にできるのだけれど、それを使ったような色合いのものが多い。

本物か作りものかわからない暖炉の上には、ヒカルの写真もあった。中学生の頃のものだろうか。今よりも本性が出ていて、ほっぺたに赤い傷があるし、髪の毛は短いし、いたずらっ子全開だ。

「ところで、凪さん。相談があるの」

そう言われなければ、立ち上がって写真を間近で見たいところだった。

「お父様、殺虫剤の会社にお勤めってほんと？」

「は……」

わたしはグラスに手を伸ばそうとしたまま、固まった。

虫が大好きな嘉世子さんに、決して知られてはいけないと思っていたのに。

「誰が言ってました？」

「そりゃあ自治会があるんだもの。どこのご主人がどこにお勤めで、みたいな話はだいたい伝わってくるわよ」

「あぁ……」

あなたのうちって、お母さんだけじゃなくてお父さんも問題ある人なのね。そんな次の言葉を想像して、どう返答するか考える。

「相談できないかしら」

「へ？」

「お父様に、虫の駆除についてね、ちょっとお聞きしたいことあるのよ」

「え……だって、虫の駆除って……」

骨折して気弱になったのだろうか。

「いくら虫が好きって言ってもね、どうしようもないものもあるでしょ？　チャドクガとか」

「チャドクガ」

初めて聞いたけれど、いかにも毒がありそうだ。

「過剰防衛なのよね。どうしてあんなに毒を持っているのか。体じゅうが針に覆われていて、その一本一本に毒があるの。たとえば洗濯物について、それが皮膚に触れるだけでかぶれてしまう」

「ええっ……」

そんな怖いやつがいたのか。最近、虫ってかわいらしい、癒しになるかもしれない、とさえ思っていたところだったから、一気に引き戻された感じだ。

「だから、雑木林で大量発生してしまうと、駆除が大変。あらかじめ発生しないように薬を撒きたいけれど、他の木にも悪影響があるといけないと思って、二の足を踏んでいたけれどね」

「発生したんですか？」

「骨折した日ね。自力でチャドクガ集団と戦って、勝ったのよ。地面に降ろして踏みつぶして、ホッとして、それで家のなかで気がゆるんで転んでしまったんだと思うのよね」

「それは……」

わたしを呼んでくれたらよかったのに、一緒にチャドクガ退治したのに、という言葉がどうしても出てこない。そんな虫は一生見たくない。

「その虫は、なんの草につくんですか？　食草は」

「ツバキやサザンカね」

「ええ……」

思ったよりもメジャーな木だった。

「奥のツバキについたから、木をいっそ切っちゃいたいとまで思ったんだけれど、主人が『椿の頃に』という映画のクランクアップで記念にもらってきた大切なものだから」

結局、嘉世子さんの言動は、いつも簑島隆三への愛に行き着く。

「わかりました。父に、えーと、連絡するように言えばいいですか」

「それなんだけどね」

なぜだか嘉世子さんは声をひそめた。

「あんまり営業っぽく、お仕事っぽく来てほしくないのよ」

「はぁ」

「ほら、正直わたし、あなたのお母様が苦手じゃない？」

あ、ついにはっきり言った。この人。

思わず笑ってしまった。

「はは、そうですね」

「今、簑島隆三の家の害虫駆除で営業に行っている、みたいなオフィシャルな話にしてほしくないの。要するに、お母様に、なんだかんだうちの主人を頼りにしてるんじゃないのぉ、って思われるの、ちょっと悔しいのよ～」

嘉世子さんは、目を閉じて首を左右にぷるぷるっと震わせた。その「悔しさ」のお芝居、簑島隆三ほどではないかもしれないけれどじゅうぶん面白くて、わたしは吹き出してしまった。

「要するに、こっそり来てほしいってことですね？」

「実はね、光がバーベキューをやりたいって言ってるの」

「はい？」

聞き違えたかと思った。

「どこかでバーベキューセットをもらってきたんですって。こんな真夏にやるものじゃないでしょ、ってわたしは言ったのよ。けど、秋にデビューするから忙しくなるって」

「デビューの日って正式に決まったんですかね」

さりげなく情報収集に走る。

「十月何日って言ってたかしら。とにかく今のうちにやりたいって。それでね」

今度は見間違えたかと思った。嘉世子さんがウインクしてきたのだ。

「だから、バーベキューパーティーに、お二人を招待しようと思ったの」

「お二人」

「だから、あなたとお父様」

「ええええっ、本当ですか！」

「でも、ほら、ご家族三人で二人だけ招待って、いじわるな話でしょ？　だから日程をどうしようかと――」

「ええっと、八月二十……何日だっけな。第四週の日曜日だったらどうでしょう！」

「あら、その日は光も候補に挙げてきてるのよ？」

「え、そうなんですか？　うちの母、その日に自治会館でハーバリウムの講座をやるらしいんです。それで、その日は朝から晩まで自分はいないものと思ってくれ、って最初から言われてて。お父さんに『じゃあ、昼はどこかで外食するか』って言われていて」

「あら、完璧ね！　じゃあ、バーベキューで匂いが付いちゃっても、外で焼肉を食べたことにしといて」

「はい」

わたしはウインク返しをしようと思ったけれど、うまくできなくて両眼をつぶってしまった。

「まだ三週間ありますけど、だいじょうぶなんですか？　チャドクガは」

「チャドクガの幼虫の発生は、このあたりだと主に六月の終わり。たまに秋にも出るけどね。夏は現れないから」

「よかった。あと材料は？」

「なんの」

「バーベキューって、肉とか野菜焼くんですよね？」

「ああ、そういうのはすべて、華乃さんが準備してくれるから平気よ。お父様と一緒に、手ぶらでいらしてね」

そうか。あの人もいるのか。

嘉世子さんとヒカルとわたしと父。四人だけの方がよかったな、と密かに思う。

「華乃さんって、毎日来てるんですか」

「ああ、住み込みで居てもらってるのよ」

「へえ……住み込み」

「骨折の間だけと思ってたけど、もう少しお願いするかもしれないわね。全部、頑張って自分でやっていたこと、華乃さんがしてくれると本当に助かっちゃって。ダメね。サボり癖」

「華乃さん、虫は好きになりました？」

ちょうど華乃さんが、アイスティーのお代わりをガラスのポットに入れて運んできたので、わたしは聞いてみた。

首をかしげて、少し困った顔をしている。

「好きではないんですけど、でも、嘉世子さんに手でつかめと言われたらつかみますし」

「食べろ、って言われたら？」

嘉世子さんがいたずらっぽく笑う。

「さあ、どうでしょう？　虫が大好きな嘉世子さんは、きっとそうおっしゃらないでしょうね」

上手に切り抜けて、華乃さんはまたキッチンへと引っ込んだ。

わたしが質問したのに、嘉世子さんに向けてしゃべっていた。そんな気がした。


スマホを確認する。風美花からの返事は届いていない。

昨夜送ったのだ。明日、ヒカルたちとバーベキュー大会をやる、と。でも、読んではいるもののコメントがついていなかった。シアトルでの生活も相当忙しいらしい。

「今日は一日、わたしが車を使っちゃっていいのね？　ありがとう」

母は明らかにテンションが上がっている。何も持たずに玄関に行って、またあわててリビングに戻ってくるなど、無駄な動きが多い。

いよいよハーバリウム講座が開催されるのだった。意外に盛況で、定員八人のつもりが十三人も来てしまって、追加の花の準備をしたりプリントのコピーを増やしたり、大わらわだった。

「何往復かするんなら、自治会館までおれが運転しようか？」

父が尋ねたけれど、

「ううん！　大丈夫。後部座席とトランクを使えば、一度で行けそうだから！」

笑顔で答えているところを見ると、重荷というよりは楽しいらしい。

車の出発を見送ってしばらくしてから、わたしと父も家を出た。

嘉世子さんに言われたとおり、父はスーツ姿ではなく、ポロシャツにチノパンというラフなスタイルだ。一応バッグには、会社で販売している殺虫剤のサンプルがいくつか入っているそうだ。

いったん坂を下りて、角屋ケーキ店のエクレアを十個買ってから、また坂を上る。

日差しはないけれど、風もないので蒸し暑くて、タオルハンカチに汗がどんどん吸い込まれていく。嘉世子さん、ヒカル、華乃さんについて説明しながら歩く。ヒカルの話をするとき、自分の声のトーンを抑えるのに苦労した。

「すごい家だなぁ」

門構えを見て、父がほぁ、と息を吐く。

インターフォンに出てきたのは、華乃さんではなく嘉世子さんだった。

「お待ちしてたのよ～」

松葉杖が、普通の杖に変わっている。

「あ、遅かったですか。すみません」

「ううん、今ちょうど光が火を熾《おこ》したところ。あ、初めまして。お父様ね」

「新巻孝幸《たかゆき》と申します。いつも娘がお世話になっているそうで。ありがとうございます」

かしこまって名刺を渡す父の横をすり抜け、わたしは庭の方に回った。

「おうーす」

ヒカルがこちらを見て、軽く手を上げる。テラスのバーベキューセットの上に、とうもろこしを並べ始めているところだった。ガラス戸を開けて、華乃さんがさらに食材を運んできて、テーブルに置いて、また去っていった。

「手伝います」

と言った直後に、わたしは唇に思わず歯を立てていた。エプロンを忘れた。バーベキューというのは、気配り選手権なのだと思い知らされた。わたしは、肉の焼き加減もわからないし、野菜をどのくらいたったらひっくり返せばいいかも知らないし、ヒカルの様子を上目遣いで見ながら、行動を真似るしかなかった。

それに対して、父は意外と馴染んでいて、嘉世子さんが朗らかな笑い声をあげているのが聞こえる。

「そろそろ焼けるから、ばーちゃん、部屋のなかに入って」

ヒカルが指示する。

「あら、そう。わかったわ。凪さんたち、入りましょう」

テラスは暑すぎるため、リビングで食事をすることになったのだそうだ。

焼き野菜とソーセージを盛ったお皿を、わたしはヒカルから受け取った。

「さあさあ、食べましょう」

氷の入った緑茶が美味しい。ソーセージも香ばしかった。父も遠慮がちに食べ始めている。

「ねえ、孝幸さんは、学生時代、本当は虫がお好きだったんじゃない？」

嘉世子さんが突然そんなことを言い出し、わたしはいやいやいや、と代わりに返事をしかけた。が、父は自分で答えた。

「大学は地球環境学部で、地球の気候変動を専門にやっていたんですよ」

そうだよねー。と、わたしはまだあつあつのズッキーニをほおばりながらうなずく。

「でも、おっしゃるとおり虫が好きで。農学部の講座をいっぱい取ってましたね」

そうなの？　わたしは嚙むのをストップして、父を見つめた。

わかっていたのよわたしは、と言わんばかりに嘉世子さんは深く深くうなずく。

「やっぱりねえ。実はね、殺虫剤の会社に勤めている人って、本当は虫が大好きで、でも虫と関わり続ける仕事って少ないから、こういう会社に就職するケースが多いって聞いたことあるの」

「わたしが農学部を選ばなかったのは、昆虫を殺したくなかったからなんです。たとえば遺伝子研究などでは、バッタなどを実験に使わなくてはいけないと高校時代に知ったので。虫を観察したり育てたり、新種を探したり、という仕事は、経済に直結しないので、企業のサポートがないんですよね」

「だから簑島隆三やわたしのようなアマチュア研究家の方が、意外といろいろ知っていたりするのよね」

「まさしくそうなんです。たとえば蛾は日本に六千種類近くいると言われていますが、比較的知られている蛾でも、幼虫時代をどう過ごしているのか知られていないことが多い」

「わたし、かなりくわしくてよ。学会に報告しようかしら。あと新種発見したら、簑島隆三の名前をつけるのが夢なのよ」

また、夫への愛を語っている。と、普段なら心のなかで突っ込むところだけれど、スルーしてしまった。

毎日一緒に過ごしている父は、まるで知らない部分を持っていた。

ああそうだ。青いダンゴムシを見つけたときのことを思い出す。父はちょっと嬉しそうではなかったか？

「まあ、結局、虫を最も殺す職業についてしまったんですけれども。でも、実験施設の隅で、趣味で何種類かめずらしい虫を育てていて。それは有志でやっているんですよ」

「有志の人数がけっこう多いんでしょ」

くすりと嘉世子さんが笑う。

「ええ、まったくおっしゃるとおりで」

父は頭をかいた。

「ねえ、華乃さん、一段落したら一緒にお昼いただきましょう？　光がどんどん焼いてくれるから」

「ありがとうございます」

華乃さんが近づいてくる。

外で、孤軍奮闘しているヒカルが気になったけれど、その前に聞いておきたいことがある。

「お父さん、虫が好きって、家で一言も話したことないよね？　なんで」

強めに詰問したけれど、父はそんなことを言うわたしを不思議そうに見た。

「なんで、ってそりゃわかるだろう？　虫が好きなんて言ったら、結婚生活、続かないじゃないか」

「あら」

華乃さんが初めて笑った。口元に手を当てて控えめに。父は華乃さんと嘉世子さんを交互に見ながら答える。

「妻はほんと虫が嫌いなんですよ。でもそれは最初から織り込み済みだったから。そもそも、馴れ初めもね。何人かの友達グループで会う間柄だったんですけど、家にゴキブリが出たから殺虫剤いいの教えて！って連絡が来て、それに乗じて、家に駆け付けたのが始まりなんです」

「まあ。虫嫌いがかえってよかったっていうことね」

嘉世子さんがほほほと笑った。

「『虫ならおれがいつでも退治してやるから、任せとけ』って、言い切ったわけですよ。わたし、こんなガタイでしょ。中肉中背でとりたててたくましさもない。でも、虫をやっつけてくれるんなら、と妻の中でわたしの評価がだいぶ上がったみたいなんですね」

「そこに乗じて」

華乃さんが小声でツッコミを入れる。

「ええ、ほんとに」

話の終わりになって、ようやく父はわたしの方に顔を向けた。

「だから母さんの前で虫を愛《め》でるような真似はできないじゃないか。本当は大好きだけどね。会社の近くに山があるから、そっちを散歩したりしてね。家では、めずらしいカミキリムシが入ってきても、喜びたいのをぐっとこらえて、外にそっと追い出す」

「そうなんだ……」

「虫じゃなくていい。せめて猫を飼いたいんだな。凪は猫が好きか？」

「飼いたいとか考えたことない。嫌いじゃないけど」

「凪もそうなるよな。母さん、生きもの全般ダメだから。仕方ない。生きていると、年齢の数だけあきらめたものがあるのさ、なんてな」

華乃さんたちの前だから気取っているな。何か突っ込もうかと思ったら、父は嘉世子さんたちに視線を移した。

「殺虫剤を作る会社といっても、部署はいろいろありましてね。現在、わたしは研究部門なので。これからどんどん地球温暖化が進んだら、どんな虫が日本に入ってくるか、というような研究をしてるんですよ」

「そうだわ！　温暖化と関係ないのかもしれないけど、ヒアリが日本上陸してるでしょう？　あれは定着しちゃうのかしら。ね、華乃さん、ヒアリって知ってる？」

「知らないです」

三人が別の話題で盛り上がり始めたので、わたしはそっと席を立った。ガラス戸を開けて、テラスに出る。

「あー、ちょうど肉焼けた。なかに持ってって」

ヒカルに皿を渡されたので、リビングテーブルに置いてから外に出た。

「お疲れさま、ひとりでずっとやってくれてて」

「そうだよー、ひでーよ。おれは悲しすぎて、さっきコショウを振る代わりに、蝶の鱗粉を野菜の上に振っちゃったよ」

「はいはい」

「ハラマキさん、おれのボケの扱いが雑すぎるよー」

「代わりましょうか」

「あ！　それより、おれの写真撮って」

「え？」

「おれのスマホこれ。あー、手が汚れてて、ロック解除できねー。じゃ、ハラマキさんのカメラで撮って送ってよ」

「え？　あ……はい」

わたしのカメラで撮ったら、それを送信する宛先が必要なのだけど。そう思いながらも構える。

ヒカルは、首に下げていたタオルを、鉢巻き風に頭に巻いて、大きな肉片を焼くポーズを取りながらこっちを向く。

「顔が変なことになってますよ?」

鼻にしわを寄せて、舌をべろーんと出している。

「海賊風」

とうていアイドルとは思えない。何枚か撮影して見せた。

「うん、いいんじゃね? おれに送って」

「あの、どうやって送ったら」

「ああ、そうか、じゃあ後で」

焼き物をすべて終えてから、ヒカルは手を洗った。自分のスマホをわたしのスマホの上に掲げた。こうすればお互いのプロローグのIDがわかるのだ。

いや、知りたくないんですけど!

わたしは拒みたかった。虚像のヒカルを壊した実像ヒカル。だいぶツッコミ慣れたとはいえ、これ以上意外な一面を知りたくないのだ。

と、思っている間にも指は勝手に動き、わたしはヒカルに写真を送付した。

「あ、これいいじゃん。送ろうっと」

「誰にですか」

口まで勝手に、ヒカルの個人情報にアクセスしてしまう。

「このバーベキューセット、ビンゴゲームで当たったんだよ」

「え」

「ちょっと前にドラマの撮影があってさ」

「へえ」

しらばっくれてしまった。本当は『青空から月の切片』という連ドラにゲスト出演するという情報を、ネットで入手していた。

「おれ出るの、九月の予定なのに、撮影早くてさ。打ち上げが七月の終わりにあって。ビンゴゲームでおれが当てちゃったわけよ。このバーベキューセット」

鼻にしわをよせながら、ヒカルは続ける。

「マネージャーに怒られてさぁ。一回しかゲストで出てないのに、こんな高価なもんをもらっちゃって、って。知らねーよなぁ。ビンゴなんて、自分の力でどうなるもんでもないもん」

「そうですねぇ」

「バーベキューセットより、虫取り網とか虫かごとかそういう賞品の方がいいよな？」

「それはなんとも」

「そしたら、マネージャーが言うわけ。だったら、せめてさっそくバーベキューやって、写真送ってこい、って言われて。ドラマのスタッフに転送するんだってさ。ってわけで、写真も撮ったし、しゅーりょー」

ヒカルは、鉄板を外し、トングで壺に炭をどんどん入れている。わたしは鉄板の上に残った野菜くずなどを片づけて、手伝っている雰囲気を出した。

「ヒカルさん、焼いてばっかりで。自分は食べました？」

「そうなのよ、おれ、なーんにも食べてないのぉ」

「ええっ、ちょっと取ってきます」

わたしがリビングへ入るため、ガラス戸に手をかけると、

「んなわけないでしょー」

と笑われた。

「え」

「ソーセージ五本と牛肉は十五切れくらい、あととうもろこし一本食った」

「は？　むしろ食べすぎ」

「あとはデザートがほしい」

「聞いてきましょうか」

「どうせなら夏らしいデザートがいいなぁ」

「冷凍庫にたしかアイスが」

「そういうんじゃなくてさ。あ、火を入れ直して、虫を焼こうか」

「ええ？」

「カブトムシ、どう？」

「いやぁ……」

「すげーマズイらしいぞ。特に幼虫はさ、腐葉土のなかにいるから、腐葉土そのまんまの味なんだって」

「いりません」

「セミの唐揚げはうまいらしい」

「デザートっぽくないですね」

「まあいいや。バーベキューの次にやりたいのは虫探し。行くぜ、スカーレット」

バーベキューセットの段ボールの横に置いてあった虫かごをつかんで、ヒカルが歩き出す。

「誰ですか、スカーレットって」

後を追いかけながら聞く。

「知らない？　海賊漫画。主人公のスティーブンがおれで、君がスカーレット」

「スカーレットってどんな子なんですか」

「ビーグル犬」

「おい」

テラスは蒸し暑かったけれど、雑木林に入ると、意外と風が絶え間なくゆるやかに流れていて、涼しい、まではいかないものの汗の噴き出し方が穏やかになった。

雑木林ってこんなにきれいだったっけと思う。常緑樹のアオキは、光沢のある葉を大きく広げている。その上を、黄緑色の小さなクモがゆっくりと移動していった。

薄日が木々の上から差し込んできて、ジョロウグモの大きな巣の糸を光らせる。

「ああやっべえ、やっぱ半そでだと蚊にやられるわ」

ヒカルが二の腕を掻きむしる。戻るのかと思ったら、そのまま前進していく。

「華乃さんって、親戚なんですか」

なんとなく聞いてみた。

「はぁ？　ぜーんぜん。あの人、簑島隆三事務所の人」

「え」

「所属の女優」

「ええっ？」

「テレビは出てないよ。舞台専門。でももうやめんのかもしれないな」

「なんで？」

「だって、こんなとこで住み込みで家事手伝いしてたら、舞台の稽古にも行けないだろ」

「あ、そっか」

「もう三十だしな」

「そうなの？」

「芽が出ない人は、三十くらいで見切りつけてやめてくことが多いよ」

「へえ」

さっきまでのヒカルとなんだか違う。わたしの知らない世界に住んでいる。そんな距離を感じさせられる。何しろわたしは、嘉世子さんが六十歳か七十歳か八十歳かもわからないように、華乃さんが二十五か三十か三十五かもわからなかった。さすがにうちの母よりは若いと思ったけれど。

「あの人、無愛想ですよね」

「そこがまたいーんじゃね？」

「え」

「色っぺー。べらべらしゃべる女って色っぽくないじゃん」

返事を忘れて、これまでの自分を振り返る。わたし、べらべらしゃべっていただろうか。いや、別にヒカルに気に入られなくていいんだし！と思い直す。

「あの人、色っぽいですか？」

「髪を束ねてるとき、うなじが細くて長くてさ。ああいうのは色っぽい」

「ふうん」

「女から見ると、あの人はダメなわけ？」

「ダメってわけじゃないですけど、なんか……あの人がもし同い年でも友達になってないだろうな、っていうか」

「その感覚は正しい」

「え？」

「人間に対する警戒心ってさ、大事にした方がいいんだよ。キミ、けっこう信じやすいみたいだから」

嘉世子さんに気をつけろ、とヒカルが言ったことを思い出す。でも今は、華乃さんの話を続けたかった。

「ヒカルさんもああいう人、タイプなんだ」

「おれはねえ」

そう言いながら、ヒカルは不意にしゃがみこんだ。

「こっちの方が好きだなぁ」

「え」

「ほら、これ」

手に何か持っているけれど見えない。並んでしゃがんで、覗き込もうとしたが、ヒカルの手がすばやく動いて、わたしの目の前にそれが移動してきた。

「あきゃぁぁーーー」

変な悲鳴を上げて、しりもちをついてしまった。

「なにこれ」

見たことのない、気味の悪い灰色のイモムシがいる。大きいのだ。頭を振り回しているのだ。長いシッポみたいなのがあって、胴体の横の部分には、オレンジと黄色の目玉みたいな模様が等間隔でいくつも並んでいるし。

「蛾屋としては最高だな。これ、コスズメの幼虫」

コスズメ？　小雀？　そんなかわいい名前は似合わない。

「おれ、こいつのこと、ウルトラマンに似てると思う。この灰色の体がカッコいいだろ」

「カッコよくは……ない」

抵抗せざるを得ない。

「これ、連れて帰ろう」

「嘉世子さんが、イモムシのホームステイ、お休みするって」

「じゃあ、華乃さんに頼むかな」

腹が立つのは、そう言いながらヒカルがこちらをちらりと見ていることだ。わたしがそれはイヤだと思うのをわかっている。

「え……。じゃあわたしが」

「エライ！　さすが新米蛾屋」

「蛾屋になるって言ってませんけど」

「そうだっけ？　まあ、おれも来れる日は来るからさ。だんだん忙しくなるけど」

「デビュー、近いんですもんね」

「十月十七日だってさ」

「そうなんですか！」

風美花にさっそく伝えなくては。

「食草はヤブガラシっていう雑草だから、よろしくねん。どこにでも生えてるから。見つけやすいから」

つる性の植物らしい。茎の先に伸びた五枚の葉は、緑に紫を混ぜたような濃い色だ。

「鳥のスズメはいいですけど、虫のスズメはほんと勘弁してほしいです」

わたしの言葉が聞こえたみたいに、コスズメは頭をもたげて、文句あんのか！と頭を左右に振った。

# 九月

埃っぽい空気が懐かしい。下駄箱で靴を履き替え、わたしは階段を上がった。今日からまた学校が始まる。

こんなところに前から観葉植物あったかな、と立ち止まる。踊り場の、朝日が差し込む一角に、植木鉢が置かれていた。小ぶりの葉が連なっていて、花は咲いていない。土に小さな札が挿してあって、そこには「アジアンタム」と書かれていた。アジアンタムアジアンタムと口ずさみながら階段を再び上る。

教室に入ると、風美花がちょうど振り返った。

「あーっ、凪!」

その嬉しそうな顔にホッとする。風美花はぎりぎりまでホームステイしていたこともあって、結局夏休みに一度も会えなかった。滞在中も帰ってきてからも、プロローグでのやりとりは前より頻繁ではなくなっていた。我々のヒカルのデビュー日を知らせても、「あーそうなんだ」だけだったので、体調でも悪いのかと思っていたのだ。

「風美花〜、久しぶり。日焼けした?」

「毎週末、あっちこっち連れて行ってもらってたから。すごーくいいホストファミリーさんで、また来年もおいでなんて言われちゃったよ」

「へえ」

「英語もっと頑張ろうっと」

海外に行かされる風美花がかわいそう、と夏休み前は思っていたけれど、こんな充実した表情を見せられると、イモムシ部とバーベキューしかなかった自分の休暇と比べてしまう。

「それよりさ！　プロローグで知らせたけど、ヒカルのデビュー決まった！　まずはシングル発売するんだって」

「ふうん」

「どした？　どした？　ヒカルさんだよ？」

ほぼ同じ身長なのだが、わたしは首を傾けて、下から覗き込むようにして表情をうかがった。

「ん？」

「プロローグで書くと、そっけないかなぁ、と思って書かなかったんだけどさ」

「わたし、好きなアーティストさんができちゃったんだよねえ。他に」

「え」

「アメリカ人。もっと言うと、シアトル出身。もっと言うと、五人組なんだけど、ひとりがわたしのホストシスターと小学校が同じ！」

「へえ……」

「『バブルガムスーパースター』っていうんだけど、聞いたことない？」

「ないなぁ」

どんなビジュアルか見てみたいと思う。ヒカルに似ているのだろうか。ヒカルよりもカッコいいのだろうか。

「今度、来日するんだって。それでライブに行くつもりなんだよね。凪は興味ないよね？」

そこまで言われてようやく気づいた。

「じゃあ、もうヒカルのデビューライブとかは……？」

「うーん、なんて言うの？　ずーっと離れず見てたからよかったんだけど、一ヶ月以上離れちゃうとさ、小学校時代の同級生みたいな？　クラスにカッコいい男子いたけど、忘れかけてます的な。あ、ごめん。凪の話はこれからも聞くし、応援してるから。ていうか、すっかり知り合いになれてよかったね！」

「風美花もいつか紹介するつもりだったのに」

「でもヒカルは、蛾が好きなんでしょ？　わたし、いいや。カレ氏にはなり得ないって思った時点で気持ちが萎《な》えちゃう。それよりレナードがいい。あ、グループのなかでイチオシの人ね。英語頑張るモチベーション、マジでできちゃって、うちのお父さんもびっくりしてるよー」

始業のベルが鳴ったので、わたしたちは席に着いた。

その日の授業は、たまに行くショッピングセンターの館内放送のように、聞こえているけれど耳に入らないものとなった。

日曜日の雑木林は、いつもより少し暑苦しい気がした。気温の問題ではない。酷暑だった先週よりも、むしろ風は涼しくなっている。

問題は父だった。母には「休日出勤する」と言っておいて、簑島邸に来ているのだ。いや、父に言わせれば、午前中、本当に会社へ行っていたのだから、「ちっとも嘘ではない」そうなのだが。

それは百歩譲って許すとして、もう一つの問題は、父の傍らにいる華乃さんだ。これまではいつも、「わたしの仕事場はキッチンですから」といった様子で、ほぼ閉じこもっていたのに、バーベキューの日に同じ食卓を囲んだのがきっかけになったのか、家事をやらずに父のそばでウンウンと話を聞いたり、ときどきクスッと微笑んだりしているのだ。そんなとき、父はいったん目を逸らしてから、もう一度、そっと華乃さんを見ている。

父の目から見ても、華乃さんは色っぽいんだろうか。

ヒカルは、今日は大阪でイベントがあるそうだ。嘉世子さんは、松葉杖なしで歩けるようになった。さっそくわたしを手招きして言う。

「イモムシちゃんのホームステイ、再開するわよ」

「あ、はい」

「さっき、お父さんに雑木林のホトトギスの場所を伝えたから、さっそくイモムシを見つけてきてくれるかも」

「ホトトギス」

「鳥じゃなくて、そういう植物があるのよ」

わたしも場所を教えてもらって、後を追いかけた。

前ほど、雑木林の濃い緑の影は怖くない。夏が終わったせいだろうか。

「お父さーん」

大きな声を出して呼んでみる。

「ああ、凪か。こっちこっち」

声のする方へ行ってみると、背の高いクヌギの木の先で、中腰になって手招きしている父を見つけた。傍らに、華乃さんがしゃがんでいる。

「これ、見てみろ」

「え、イモムシ？」

わたしは二人の間に割り込んで中腰になった。

「やだ、なにこれ。毒まみれっぽい」

黒がベースの体には、まるで線香花火がぱちぱち光っているような黄色の棘が、数えきれないほどたくさんあるのだ。その棘の先っぽだけが黒い。

「よくあるパターンだな。これはまったく毒を持っていない」

「まったく？　一齢幼虫も？」

マイマイガのことを思い出しながら尋ねたのが、父に伝わったみたいだ。

「そう。マイマイガみたいに、最初だけは毒がある蛾とは違ってな。そもそもこれは蝶だし」

いだろ？」

「えっ」

「ルリタテハというんだ。こんなにトゲトゲしているくせに、無害きわまりないいいやつ。愛らしいだろ？」

わたしがツッコむのを待っているように思えたので、返事を考えたけれど、その前に華乃さんが、ふふっ、と笑った。それが父の最も望む答えだったのか、

「これ、連れて帰ろう。華乃さん、悪いけど、ぼくが来れないときはこのホトトギスの葉っぱを取りに来てもらえないかな。この斜面じゃ、まだ嘉世子さんには歩かせたくないから」

「わかりました」

おいーっ！　後ろから父のポロシャツの襟をつかんでひねってやりたかった。イモムシのホームステイ担当はわたしなのに。なぜ、二人に乗っ取られなくてはいけないのか。

わたしがやる。

ホトトギスの葉っぱに手を伸ばしかけて、しかし思い出した。

来週と再来週はここには来られない。

学校が二期制なので、九月に期末試験があるのだ。既に暗雲が立ち込めまくっていて、暗記しなくてはならないことが膨大なのだった。

全員が高校に進学できるがゆえに、わたしたち中三は勉強にも張り合いがでない退屈な生活を送っているのだけれど、それでもあまりにひどかったら進学させるかどうか会議を開く、と脅されている。

二週間だけ、二人にイモムシを託すことにした。

イモムシみたいだ。いや、ミミズに近いだろうか。

勉強机に向かいながらうたた寝していたみたいで、ノートには謎の文字がぐにゃぐにゃと這っている。

やることが多すぎて、睡眠時間を削って勉強していた。明日からいよいよ試験だ。まずは国語と英語。英単語がちっとも頭に入らない。風美花は楽々と覚えているのだろうか。

日曜日の今日、イモムシの世話どころではなかった。父は行ったみたいだ。ちゃんと聞いてはいないけれど、母に「会社のプロジェクトが佳境で、土日とも出なければいけない」と話していたから。

階下に牛乳を取りに行くと、母が食堂のテーブルに、ハーバリウムのボトルを並べていた。顔がけわしい。冷蔵庫を開けると、背後から声が聞こえた。

「ねえ、凪」

「ん?」

「これ、どう思う?」

「何が」

わたしは扉を閉めて母に近寄った。

「きれいだと思う?」

「そりゃあ、うん、いいと思うけど」

　ハーバリウムのことはよくわからない。ドライフラワーやプリザーブドフラワーをボトルに入ったオイルに漬ける、という手順だけはだいたい知っている。

　どんな花を使うか、どんなボトルを選ぶか、そういったことがポイントみたいだ。

「井上《いのうえ》先生が、センスないって言ってきたの」

「え、お母さんが習ってる先生？」

「そう。妬んでるんだと思うのよ。わたしが自治会館でレッスンをやって、大盛況で十三人も来たでしょ。これから定期的にやってくれって言われて、今月も月末にやるんだけど」

「あ、そうなの？」

「それを井上先生に報告したら、『あなたはセンスが足りないんだから、そういう人がハーバリウムを教えると誤解を招きかねない』って、ひどくない？」

「やる前に許可をもらった方がよかったんじゃない？」

「別に、そういうシステムじゃないのよ。お花みたいにお免状もらうわけでもないし。他にも、頼まれて教えてる人はいるのに。なんでわたしだけ」

「え、他の人はオッケーなの？」

「そう。わたしには、『あなたには花を愛する気持ちが足りない』ってね。もっと具体的に言ってください、って文句を言ったら『生花を自分でドライフラワーにする技術がない』って言われた」

「それは当たってるの？」

「そうよ。だって、生花を自分で乾燥させるって、生きものをミイラみたいにしていくってことよ。気持ち悪いじゃない？」

「だから出来合いのミイラを買ってくる？」

「そう。だって、ドライフラワーかプリザーブドフラワーを最初から使えばいいことだもの。生花をわざわざ使う必要ないの。残酷すぎるもの」

「ふうん」

「言いがかりなのよ」

母は仏頂面のままボトル群をにらみつけている。わたしはキッチンに行って、牛乳をグラスに入れて二階に上がった。

すぐには勉強に戻れなくて、スマホをいじり始めた。

「ハーバリウム」と検索するつもりが、指が勝手に「簑島光」と字を打ちこんでしまった。

「え？」

その名前と共に検索されているキーワードの筆頭が「整形」「手術」になっていた。

「なんで」

わたしもその検索結果を確認する。

「は……あり得ない」

ヒカルが幼少の頃、今と顔が違ったとか、手術前の写真があるとか、そんな噂話で盛り上がっている人たちがいる。

そのまま黙って閉じるには、腹立たし過ぎて、わたしは見知らぬ人たちに対し、

『光のデビューを妬む方、迷惑だからやめてください』

と書き込んで、急いでスマホの接続を切った。

こういう中傷があるかもしれないとは思っていた。過去にデビューした先輩たちもそうだ。特に今回は、たくさんの人数で活動しているなかで、たった四人しか抜擢されなかったので、残りの人たちのファンは、どうしても攻撃的になってしまうのだ。

みんな、ヒカルの実像を知らないからなぁ、と思う。ほんとはいつもいつもボケて変なことばかり言ってるのに。黙っていたらスタイリッシュにも、クールできつそうにも見えてしまうから。

こんなとき、今までだったらすぐ風美花に連絡を取ることができた。「腹が立つよね」「わたしたちが守ってあげようね」と言い合って、穏やかな心に戻れるのに。

ごめん、ほんっとに興味なくなったんだ。

そう拒絶されそうな気がして、メッセージを送る気には到底なれなかった。

まして、ヒカルに直接連絡するようなことでもない。バーベキューの日に、プロローグのＩＤは聞いたけれど、もちろん便乗してメッセージを送るようなことは一度もしていない。

時計を見たら、もう二十二時を回っているではないか。

仕方なく勉強に戻った。

意外とはかどった。

最後の試験が終わった瞬間、わたしたちクラスメイトは申し合わせたわけでもないのに、いっせいに、

「やったーっ！」

と大きく伸びをした。

ホームルームが終わった瞬間に、教室を出る。午後の日差しは、額に手をかざして遮らないと、すべてが真っ白に見えるほどにまぶしい。

これから答案が返却される週明けまでが、心おきなくのんびり過ごせる短い期間だ。

本当なら風美花と一緒に、地元に近いターミナル駅でカフェにでも行きたかった。けれど、彼女は軽音部の子に誘われて、ライブハウスへ行くのだと言う。そこに出演するアーティストは、風美花がアメリカで気に入った人たちと同じ系統の音楽をやっているらしい。『バブルガムスーパースター』が好きならきっと気に入るよ！って絢《あや》ちゃんが熱心に言ってくれるから……。あ、凪も行く？」

風美花はそう言ったけれど、熱の入らない誘い方であることは明らかだった。どちらにしろ、自分もちっとも関心ないし。

もしかして風美花は軽音部に入る気だろうか。そうしたら、わたしはますますひとりぼっちになる。

電車のなかで嘉世子さんにメールを送ってみた。今日は用事があるらしい。あさって日曜日、都合がよかったらいつも通り来てくださいと書いてあったので、「行きます」と返事をすぐに送った。

最寄りの駅を降りて、坂道を上る。いつの間にか汗が出なくなっていることに気づいた。涼やかな風に、空き地の黄色い花が揺れている。オミナエシだ。菜の花のボリュームを三分の一くらいにした、細くかよわそうなこの草花は、実は虫が多い。入れないように緑色のフェンスが立ちはだかっているが、間からのぞくと、やはり花の上にハナムグリがいた。

そばにはネジバナという雑草も咲いている。これは、小さなピンクの花が螺旋状にぐるぐると茎を取り巻いている植物だ。茎をひねって押せば、ドリルみたいに地面へ挿し込むことができそうな気がしてしまう。

家に着くと、母が夕ご飯の下ごしらえの最中だった。用意してから、ハーバリウムのレッスンに出かけるそうだ。今までとは別の講座へ、体験レッスンに行ってみるらしい。

「ねえ、手伝って。急いでるの」

「えー」

だらっとベッドで横になりたいのに。

学校を出るときは寄り道したいくらい元気だったのに、家へ着くと、極度の睡眠不足であったことを思い出していた。

「でも、メインのハンバーグ自力で作って、っていうより、端々の手伝いの方がいいでしょ？」

「うん……まあ」

わたしは荷物を置いてからキッチンに入った。まずはニンジンを洗って皮をむいて輪切りにする。続いてブロッコリーを房ごと洗おうとして、わたしは、

「ちょーっと待ったぁぁ」

と水道の蛇口を閉めた。あと少しで、水にどっぷり浸してしまうところだった。

「どうしたの？」

「これ、なんだか……」

虫っぽい。違うのか？　淡い緑色の、細い細い物体。

「ほら、動いた！」

「な、何がよ」

母が覗き込もうとする。わたしはうかつにも忘れていた。絶対この人にだけは見せてはいけないということを。嘉世子さんに見せるときの感覚でしゃべってしまっていた。上がったテンションは、なかなか下げられない。

「これ、幼虫だって。絶対！」

「ヨーチュウ？」

「しかも、冷蔵庫に入ってたのに、めちゃめちゃ寒かったはずなのに生きてる！　動いてる！　すごくない？」

「まさかと思うけど、ヨーチュウって」

そこで、わたしはようやく冷静になった。

「いや、えーと」

「なんなの！　言ってちょうだいよ」

「えっと……これ、蝶か蛾の幼虫だと思う」

母が突然動きだしたので、逃げていくのかと思ったら違った。食器棚の横にあるカゴに手を伸ばしている。スーパーのビニール袋をここに収納しているのだ。それを一つ取って、わたしに差し出している。

「ここに突っ込んで。そのままゴミ収集ボックスに入れてきて！」

「そんなのできるわけないじゃん」

「なんでよ」

「生きてるもん」

「冷蔵庫でこんな気持ち悪いものが生きてたっていうの？　恐ろしいわよ」

「どこが恐ろしいの。ちっちゃい、ちっちゃい虫だよ」

もしかしたら、母の意識を改められるかもしれないと思った。

「ほら、見て」

ブロッコリーの茎に、薄い薄い傷がついている。この幼虫が削り取って食べたみたいだ。ほんの数ミリの長さ。あまりにささやかな食欲だ。

「ねえ、君、ずっとひとりでここで生きてきたの？　仲間はいないんだよね？」

言いながら、房の他の部分を見回す。今のところ、他に削った痕は見られない。

「イヤよ、早く捨てて」

「え」

「そんなの、もう食べられないじゃない。房ごと全部捨てていいから」

母は、まるで臭気が漂っているかのように、鼻を手で押さえながら言う。

「わかった。わたしがもらうから」

「何、どういうこと」

「育てるに決まってるじゃん」

「え、え、虫を？　やめてよ」

「だって、死んじゃってたらともかく生きてるんだよ。寒いなかでずっと生きてたんだから。あ、また動いた！」

黄緑のイモムシは、わずかずつ前進して、茎の上の方に移動している。

母は首を何度も振りながら言う。

「ねえ、食べ物をあげなきゃいけないんでしょ？　その虫に何をあげていいかなんて知らないんでしょ？」

パニックに陥っているようだ。

「知ってるに決まってるじゃん！」

「何を食べるの？」

「ブロッコリー！」

わたしはまな板と包丁を取り出して、房をいくつか切り落とした。もちろん、イモムシを切断しないように、最大限の注意を払いながら。

「わたしの部屋で飼えば問題ないでしょ？　ブロッコリーさえあれば、この子はサナギになれるはず」

「部屋のなかにずっと置いとくの？」

「こういうイモムシの状態でいるのは、あとわずかだと思う。長くても、二、三週間とか。短かったら数日」

「そうなの？」

「その後、サナギになって、また二週間とか？　そしたら出てくる」

「出てくるって……何が」

母は虫が嫌い過ぎて、小学校の理科の授業もすっ飛ばして生きてきたのかもしれない。

「蛾か蝶が、サナギから出てくるの」

「やめてよ、そんな得体のしれないもの」

母がまったく説得される様子がないので、わたしの語調は荒くなっていく。

「教育的におかしいよ、お母さんは。正しい教育は逆じゃないの？　わたしが虫こわいこわいって言ったら、普通は親が、人間も犬も猫も虫も同じ命なのよ、って説得してくるとこじゃないの？」

母はしばし黙った。もちろん、「そう言われればそうよね」などと納得する人でないのはわかっている。理屈を組み立てているな。言葉を頭に溜めているな。わたしは警戒しながらも、再生プラスチック用のゴミ箱を開けて、プチトマトの入っていたプラスチックケースを取り出した。これをイモムシのおうちにしよう。

「おかしいのはそっちよ。あの人と付き合いだしてから」

「へ」

ケースを流水でざっと洗いながら、わたしは母をちらっと見た。その顔は、半日海辺で日焼けしたみたいに紅潮している。

「簑島さんの家に行きだしてから、洗脳されてるのよ。表の庭にも、虫付きのパセリなんか。あれもまだ育てているわけ」

自分ではわかっていないだろうが、母は実に痛いところを突いてきた。

「あれは……わたしのミスで死んじゃった」

「ほーら、結局うまくいかないの。人間が自然にいろいろ手出ししたって無駄なのよ。だったら、自然は自然に任せておけばいいの」

意外と理にかなうことを言っている気もする。

「今度こそちゃんと羽化させるもん」

「ウカ」

「サナギから成虫になるのをちゃんと見届ける！　ほら！　今パックにブロッコリーとイモムシを入れたから、これ、このまま二階に持ってくから、お母さんがわたしの部屋に勝手に入ってこない限り、もう見ることないから」

そういえばパックの蓋に穴を開けていなかった。空気を通してあげないと酸欠で死んでしまう。竹串では無理かと思ったけれど、刺してみたらちゃんと穴は開いた。

「ここは親がルールを決めるの！　気持ち悪い虫は、うちの屋根の下では飼っちゃダメ！」

「じゃあ、嘉世子さんちに届けて、そのまま向こうに泊まる」

「いいかげんになさい！　もうあの人とお付き合いするのもやめなさいっ」

「はぁ？　わたしのこと、まだ幼稚園児だと思ってる？　もうコントロールされんのウンザリなんですけど！」

わたしはプラスチックケースに蓋をかぶせた。興奮のあまり指が震えてしまって、一度ではピタッとはめられない。

それから、ケースごと二階に運んでいった。

テーブルの上の教科書をどけて、辞書の上に置いた。ぐっと目を近づけないとわかりにくいけれど、イモムシは暖かくなったためか、動きが活発になりつつあるようだ。茎をまた浅く削って食べている。

「どうしても虫を飼うって言う子に晩ご飯はないからねーっ！」

階下から母の吠える声が聞こえる。

「外で食べてくる」

わたしはお小遣いやお年玉を入れてある小箱をつかんで、バッグに入れた。食べようと思えばイタリアンや回転寿司の店に入るお金、あるんだから。

玄関のドアをわざとバッタンと大きな音をたてて閉めて、坂を駆け下りた。そういえば制服のままだった。着替えるのを忘れていた。

空はいつの間にかミカン色に染まって、夕日が照りつけている。

今夜は遅くまで外にいよう、と決めた。

母が簑島邸に電話をかける可能性はゼロではないから、そちらには行かない。ターミナル駅まで出て、イタリアンでもなく回転寿司でもなく、そうだ、ドーナツかハンバーガーか、ファーストフード店に入ろう。

そう決めて駅前の交差点を渡ろうとしたが、信号は点滅から赤に変わるところで、わたしは立ち止まった。両車線とも、車が数台並んでいるけれど、渋滞というほどではない。

あれは外車だろうか。真っ白で、周りの車よりも一回り大きい。なんとなく見ていたが、車内に目が行って、わたしはまばたきを忘れた。

「お父……さん？」

助手席で父が左を向いてしゃべっていた。運転席で会話の相手をしているのは、華乃さんだった。

車道の信号が青になって、先頭の華乃さんの車が加速する。

父は、わたしの視線をまったく感じなかったのだろうか。そんな余裕がないほどに、華乃さんをひたすら見つめていたようにも思えた。

どういうこと？

どこ行くの？

平日の夜。そういえば最近、父は残業が多いといって、晩ご飯を食べない。今日も、わたしと母の二人分の食事だったはずだ。

母に知らせようと回れ右しかけて、ケンカしていることを思い出した。

風美花に連絡しようか。でも、そもそも華乃さんが誰なのか、一から説明しなくてはいけない。そこを最初からわかってくれるのは、限られた人しかいない。

よほどパニックに陥っていたのだと思う。そうでなければ、こんなことはしなかったはずだ。

わたしはスマートフォンを取り出して、プロローグにログインした。

ヒカルとの「ボード」を開いて読み直した。この間、わたしが送ったバーベキューの写真が並んでいる。その下に、コメントを書いた。

『今うちのお父さんと華乃さんが車でデートしてるっぽいの目撃しちゃったんですけどどう思います？』

送ってから読点を一個もつけていない読みづらい文であることに気づいた。国語の成績がさぞ悪いと思われることだろう。あきれて返事はきっと来ない。そう思いながらスマホをスリープ状態にして、またすぐに立ち上げて、メッセージが来ていないか確認してしまう。

それを七回繰り返したときだった。

ブッと、スマホが短く震えた。メッセージが到着したときに発信される音だ。

別に見えないわけではないのに、画面に顔をうんと近づけて、わたしは文章を確認した。


『電話をどうぞ』


その下に「０９０」から始まる十一桁の番号が記されている。これはいったい誰の番号なのか。嘉世子さんのではない。もちろん父のでもない。華乃さんのだろうか。

そんなふうにわざと自分をはぐらかそうとしていた。本当はわかっている。これはヒカルの番号だ。


『発信しますか？』


そんな表示の後で、すぐに呼び出し音が流れ始めた。

「もしー」

ヒカルの声だ。

「あの……新巻凪ですけど」

「うん、ハラマキさん」

「今、大丈夫ですか？」

「おれ、言ったよね？　うちのばーちゃんに気をつけろ、って」

「え、どういうことですか？」

返事が来ない。遠くでヒカルが誰かとしゃべっているのが聞こえてくる。曲の収録中なのだろうか、「まだ押してるから」とか「もう一回歌ってもらうかも」などと、相手が言っているようだ。

その間に考える。ばーちゃんに気をつけろと言われたのは、先月か、先々月だったか。たしかに気になる言葉だった。でも、虫好きのマニアックな女にさせられるぞ、というようなニュアンスかとも思っていた。

そもそも今、父と華乃さんについて問い合わせたのに。

「ごめんごめん」

「あの、こっちこそ仕事の最中に」

「ほんとは会って話してもいいんだけどさ、テッペンまでレコーディングやるみたいだから」

「テッペン、っていう曲ですか」

けけけ、という笑い声が聞こえてきた。

「夜中の十二時ってことだよ。時計の針のてっぺん」

「ああ、すみません」

「ああ、テッペンって曲よさそうだなぁ。自分で作詞してみるかなぁ」

ひとしきり笑ってから、ヒカルの声は低いトーンに変わった。

「キミの家、このままだとばーちゃんに破壊されるんじゃね？」

「へ？」

「今日、キミが見たのは、そういうことだろ」

「て、ててて」

意味不明なことを口走ってしまった。

「ちょっと待って」

「平日もけっこう来てるみたいじゃん？　ハラマキさんのパパ。華乃さん目当てに」

「え、え？　わたし期末テストで」

「タイミング悪かったね。あるいは、うちのばーちゃん、そこまですべて計算済みかもな。恐ろしいからあの人は」

「どういうこと？」

モノレールが、ガタゴト言いながら走っていく。駅舎を出た人たちが四方に散っていった。

「ばーちゃん、新巻慶南《けいな》って人が、むちゃむちゃ嫌いなんだってよ。ハラマキさんのママなんだろ？」

「そう。それは……わたしも直接聞いたことある」

「最初は娘の凪って子を、ちょっと脅してからかってやろうと思ったらしいよ」

「え、わたし」

「手伝いに誘って、イモムシを見せてさ。泣きべそかいて退散するのを見届けたら、すうっとするんじゃないかって」

「ちょ……ちょっと待って」

わたしは駅の反対側へ回った。スーパーとお花屋さんがある。このスーパーで嘉世子さんに初めて出会った。小銭を落として拾ってあげたのが、誘われることになったきっかけだ。

「まさか……」

わざと小銭をばらまいたというのか。わたしがちょうど通るタイミングで？

「じゃあ、わたしも嫌われてたってこと？」

イモムシの名前を教えてもらって、食草を教えてもらって、季節の花の名前を教えてもらって、その間もずっと「なんでこうなっちゃったのかしら」と思われていたのか。

「いや、ハラマキさんのことは気に入ったんだってさ」

「そうなんだ」

ホッとしかけて、当初の疑問が何も解決していないことに気づく。

「でも、キミの話を聞くにつれて、ますます慶南のことが嫌いになっていったんだってさ。あ、人のママを呼び捨てにしちゃった。慶南さん」

「わたしの話のせいで？」

「クモ殺したりしたんだろ？」

「あ……」

腹立ちまぎれに、嘉世子さんによく言いつけていた。

「もっと慶南さんを孤立させてやろうと思ったんだって。それでキミのパパを華乃さんにさ」

「え、え、意味わかんない。華乃さんは、嘉世子さんの指令で、お父さんをゆ、ゆ、ゆーわくしようとしてるってこと？」

誘惑なんて、そんな言葉を使ったことがなくて、喉の奥がむずがゆい。

「誘惑しようとしてるんじゃない。今まさに実行中なんだよ。それを見たんだろ？」

あっちこっち飛んでどこへ行くんだろうと思っていた話が、突然着地した。

そうだ。さっき、なぜ車に二人が乗っていたのか、知りたかったんだ……。

駅前のベンチに座っていたお姉さんが立ち上がった。わたしは空いたところに腰かけた。もう立っているのは、だるすぎた。

「華乃さんは、じゃあ、好きでお父さんに近づいてるんじゃないってこと？」

「あの人、女優だからね。売れないっていっても、高校くらいからずっと役者やってるから」

「恋のお芝居……うちのお父さん、バカみたいだね。てか、バカ」

「ばーちゃんの狙いは、慶南さんだから。お父さんをどうこうしたいっていうのは、ほんとはないんだよ。あ、こっちも待って」

また、ヒカルが誰かと話し始める。聞き耳を立てる気になれなかった。頭のなかは処理しきれない情報で、血管という血管が過熱している。

「あ、大丈夫。どうも。どこまで話したっけ」

軽いトーンの声が戻ってきた。

「華乃さんは、それでいいの？　利用されっぱなしで」

「あ、それは大人だから、お金で解決してるはず〜」

「え」

「ハウスキーパーに、オプションでそういう仕事込み、手付金いくら、成功報酬いくら、って感じじゃない？　華乃さん、芸能界そろそろあきらめてるっぽいし。そしたら、金はいくらあっても邪魔じゃないっしょ」

だからか。華乃さんはわたしに冷たくて、でも初対面の父とは意気投合していた。

「ヒカルは全部知ってたの？」

「いきなり呼び捨てかよー」

しまった、と思うけれど、謝る気になれなかった。

ほんとは簑島光のこと、前から大好きで、夢には既に十回以上登場してもらってて、いつも「ヒカル」と呼んでいたんだよ！　逆ギレしたかった。

「おれ、キミと出会う前から、ハラマキさんのことといろいろ聞いてるよ。ばーちゃんが話せる相手って、ほら、おれしかいないじゃん」

「どうして教えてくれたの？　今、急に」

「さすがに、ばーちゃん、人としてどうよ、って思うからさ。おれ、来月デビューしちゃったら、もうキミとばーちゃんの関係とか、華乃さんとキミのパパの関係とか、聞く時間もないかもだしさ」

「ありがとうございます」

「いやぁ、別に」

「どうなるのかな？　これから」

「さあ、ハラマキさん次第じゃね？」

「え」

「少なくとも、ばーちゃんが勝手に改心してやめてくれることを期待してんなら、それはないと思うぜ。ばーちゃんって『恨み』の感情がすげー強いんだよ。しつこいよ」

どう返事をしたのか、わからないうちに、電話は切れていた。

わたしは家に向かった。

五年くらい前、熱が三十八度五分あった日に上ったときもこの坂道がつらかった。それと同じくらい、長い長い道のりだった。

玄関を開けてから、母とケンカをしていたことをようやく思い出した。魂が抜けかけている今なら、棒読みで「ごめんなさい」を言える気がした。

リビングへのドアを開けたら、食卓に紙が置いてあった。

『凪へ　煮込みハンバーグは鍋の中。お皿に移して電子レンジで。付け合わせの野菜は冷蔵庫に入ってます』

ケンカを、なかったことにしてくれたようだった。

煮込みハンバーグは、トマトの酸味が強すぎる気がしたが、自分の舌の問題かもしれない。

部屋に上がると、ブロッコリーとイモムシが出迎えてくれた。イモムシは活発に頭をふりふり、茎を食べている。

検索してみた。

害虫として、情報がいっぱい出てきた。

コナガというらしい。

アイボリーと茶色の柄の小型の蛾みたいだ。今もかわいいけれど、成虫もきっとかわいい。呼び名を「コナちゃん」にしようか「ナガちゃん」にしようか迷いながら、わたしはベッドに転がった。

あくる朝、起きたら父がいなかったのは幸いだった。いたら、わたしは挙動不審になっていたと思う。場合によっては突然泣き出したりして。

いるのは母だけで、夫婦の危機にあるとも知らず、誰かの恨みを買っているとも気づかず、

「ハーバリウムの新しい教室の先生がとてもいいの」

と声を弾ませている。

「わたし、嘉世子さんのとこ、行ってくる」

朝食を終えて、立ち上がった。

「あら、日曜日じゃないの？　今日、土曜日でしょ」

「うん、今日は臨時」

わたしは坂を上っていった。最初のうちはだらだら歩いていたけれど、昨日のことをあれこれ思い出すうち徐々に早足になり、ついには駆け足で門の前に着いた。

もし不在だったら、どうしよう。そう思いながら近づくと、車庫のシャッターがちょうどゆっくりと上がっていくところだった。

「あ」

昨日見た車と同じ、大きな外車だ。グレーで流線形でヘッドライトが大きい。

他の二台はまったく違って、一台はおしゃれなミニカーみたいな紺色の車、もう一台は黒い四駆だ。

簑島隆三が車好きだったのだろうか。それとも、大きいのが彼の車で、ミニカーが嘉世子さんのものだったりするのだろうか。

しかしその一瞬ののち、車のことなどどうでもいい！と思った。乗っている人だ。嘉世子さんではない。また華乃さんと父ではないか。しかも今回は運転席と助手席が交代している。つまり、父がハンドルを握っているのだった。

父はしぱしぱと瞬きしながら、ウインドーを下げた。

「明日かと思ってた。今日も来たのか」

「わたしの自由」

娘に見られないと思って、二人で出かけようとしていたなんて。

「お父さんたちな、植木屋さんに行ってくるから」

「え？」

「簑島さんちに入ってる植木屋。藤沢に店があるんだってさ。そこで、チャドクガの対策とか、他のことも二、三、聞いてくるから」

助手席で華乃さんが何か言っている。それを父が伝えてきた。

「このまま、ガレージを入って、だって。そしたらインターフォン押さずに建物に行けるから。嘉世子さんはキッチンにいるって」

ガレージに入ると、父の車が出ていき、少したってシャッターが自動で下り始めた。

天井のライトも自動で消灯するのだろうか。消すように頼まれなかったから別にいいのだろうと思い、そのまま奥の小さなドアを開けた。通路は右に曲がり、門の内側に出た。

初めて見る花が咲いているけれど、どうでもよかった。

さすがに玄関からは入りづらくて、裏に回って、テラス側からガラス戸をスライドさせた。鍵はかかっていない。

「嘉世子さーん」

返事はない。わたしはシューズを脱いで、あがった。リビングもキッチンも静かだ。

念のため廊下に出て、玄関から階段の上に向かって呼びかけたけれど、やはり返事はない。

わたしはテラスに戻ってシューズを履き、離れに向かった。なるべく音を立てないようにドアを開け、そっと靴を脱ぎ、静かに歩く。

やはり、ここにいた。

閉まり切っていない扉からのぞくと、嘉世子さんが鼻歌まじりにイモムシの入ったパックを眺めている。

「嘉世子さん」

呼ぶと、こちらを振り返った。待ち構えていたようだ。華乃さんが電話したに違いない。時間稼ぎのためにわざと「キッチンにいる」と嘘を教えてきた——。そう疑うのは穿った見方だろうか。

「あら、凪さん。今日も来てくれるなんて」

大歓迎だわ、というように明るいトーンで言う。

この人が、わたしの家を不幸にしようなんて、ひょっとして、ヒカルの壮大な勘違いではないか？という疑問が脳をよぎる。

いや、それを確かめに来たんじゃないの。もし目の前に自分の背中があったら、「しっかりしなよ！」と、ぴしゃりと叩くところだ。

「今、うちの父と華乃さんが車で出ていきましたけど」

「そうね。お使いを頼んだわ。藤沢の植木屋さんに行ってもらったの」

口裏合わせは済んでいるようだ。いや、事実なのかもしれないけれど。

「昨日も、父と華乃さんが車で走ってるのを見たんです」

「昨日もお使いをお願いしたのよね」

「でも、父は会社にいるはずの時間」

「お父様がやってる研究に役立つ教授を、紹介して差し上げたのよ」

なーんだ、そうだったんだ。

納得したかもしれない。ヒカルが何も教えてくれていなければ。

でも、その名前を出したら、彼が秘密をバラしたことがバレてしまう。どういうふうに、この人の防御を崩していこうか。しばし沈黙して考えていたときだった。

「光に聞いたんでしょ？」

「え」

「本人が昨日連絡してきたわよ。あなたが自殺しそうに落ち込んでるから、ある程度、話さないわけにはいかなかったって」

自ら伝えていたのか。自分の言葉に責任を持つ人なんだな……。

「そこまでじゃないでしょ？　自殺しそうに落ち込んでるなんて」

「いや……えっと」

「あの子、掻き回すの好きなのよ」


「そんなことを言うなら、遠慮なく踏み込ませてもらう。うちの母が気に入らないって言っても、やること、度を越してませんか？　わたしはいいとして、なんでお父さんまで」

「ついてきて」

そう言って、嘉世子さんはプラスチックケースをテーブルの上に戻した。中にはルリタテハの幼虫がいた。

離れを出て、テラスから家へ入る。玄関横の階段を上って二階へ向かう。

もしかして「開かずの間」でもあって、そこに閉じ込められるのではないか――。スマホをちゃんと持ってきたか、バッグの上からそっと感触を確かめる。

二階にはドアが四つあった。その一番奥を、嘉世子さんは開けた。

「わたしの部屋なの」

明るい空間だった。大きな窓が二ヶ所にあって、レースのカーテンがかかっている。その他には、ダブルベッドとクロゼット、洋服ダンス、あと化粧台もあった。

「ここから、見て」

説明をしてくれるんじゃないのかと訝りながら、わたしは窓辺に立った。

遠く、相模湾が見える。その手前には、この鎌倉の住宅地、つまり朝日が丘から夕日が丘までが一望できる。

明治の頃に開発された朝日が丘は、やっぱり一軒一軒が大きい。分割された土地もあるけれど、今でも何百坪単位の広い敷地に豪邸が建っているのがわかる。下の方の夕日が丘は、もっとごちゃついている。

「あ、あそこ。うちだ」

下の方、蛇行する坂道の途中にある我が家が見えた。五十メートルくらい下、もう少し離れているだろうか。

「うちからも、この家、ほんの一部だけ見えるんです。それがここの部屋だったのかな」

「あなたの家からは、何が見える？　この方向」

「え？　えーと」

わたしはしばらく首をひねってから思い出した。

「あ、記念館です。簑島隆三さんの」

「建物と庭が見えるわよね？」

「はい」

「お墓も見えるでしょ？」

「それは……双眼鏡でも使わないとわかんないですけど」

「見えたのよ」

「へ？」

「この部屋のこの窓から、双眼鏡を使えば、簑島隆三のお墓が見えたの」

「えーっと」

「あなたの家が建つまではね」

「あっ」

そうだったのか。そういうことだったのか。

「毎朝起きて、お墓に手を合わせるの。お墓参りは週に一度、記念館がお休みの日だけね。お客さんがいるのに、妻がお墓に寄り添っていたら、なんだか変でしょう？ だから、ここからお墓を見ることがとてもとても、とてもとても！ 大切だったのよねえ。わかるかしら」

返事はできない。うなずくこともできなかった。ただ、それがどれだけ嘉世子さんにとって大事なことなのか、よくわかった。

わたしにとって簑島隆三は知り合いのおじさんだ。会ったことはないけれど、噂話をよく聞く人。嘉世子さんの言葉の端々に、しょっちゅう姿をのぞかせる。

「記念館とうちの間にはちょうど空き地があって、そこに家が建ったら、もしかしたら見えづらくなるのかもしれない。そういう懸念は最初からあったのよ。でも、敷地いっぱいに家を建てなければ、普通の庭を作ってくれたら、お墓は見えた可能性が高かった」

ため息をついて、嘉世子さんは続ける。

「なのに、庭なんてまるきりない家が、よりによって建ってしまった。しかも、お墓があったところに、代わりに見えるようになったのは洗濯物」

もう一度、窓から我が家を見る。北東側のベランダには、今も洗濯物が干してあった。

建蔽率六十パーセント以下という基準ぎりぎりの建物。手前に、車が二台は置ける広いガレージがある。屋根もない、ただのコンクリートのスペースだけれど。ここと、家の外周の狭い空間を足すと、ちゃんと四十パーセントになるそうなのだ。

「都会ならわかるわよ。けれど、ここに越してくる人って、海があって緑があって、そういう自然に囲まれたいって口では言うのよ。言うくせに、自分の庭で植物を育てて、その自然に少しでも貢献しようという気持ちはないの。面倒くさいだの、虫が嫌いだの。そういう人間の欺瞞《ぎまん》が許せないのよね」

うちだけではない。最近、周りに建った家だって同じだ。建蔽率が高くて、庭らしき場所があったとしても、たいして植木もなくだだっ広い芝生になっているだけ。

引っ越してきたときは、なんの疑問も持たなかった。

向かいの家は昔建てられたそうで、ニシキギという低い木が生垣に使われている。晩秋になると、おばさんは毎朝毎朝、ほうきで家の前を掃いていた。落葉樹なので、葉っぱが大量に落ちるのだ。

うちの家の前はガレージで、生垣などないし、たった一本生えているヤマモモは常緑樹だし、そういう手間はまったくかからなかった。

古い家の人は損をしていて、新しい家の人は効率のいい生活をしている。そう思っていた。

「でも、嘉世子さんのしていることは」

どう続けていいかわからなくて、勢いに任せた。

「わたしをこの街から追い出そうってしてることにもなるんだよ?」

「まあ、とんでもない。凪さんはとてもいい子で熱心で、わたし、来てもらって嬉しいのよ。そりゃ最初は、あの人のお子さんっていうのがあって色眼鏡で見ちゃったけど、全然違うもの」

「嘉世子さんには、全然別に見えるかもしれないけど、わたしたちは同じ家に住んでて。もしお母さんが離婚とかしてこの街から出て行くなら、わたしだって出て行くんだよ?」

「あの人……出て行ってほしいとまでは思ってなくて」

「じゃあ、嘉世子さんの本当の目的はなんなの？」

めずらしく嘉世子さんが目を左右に泳がせた。

「具体的にこれが目的っていうんじゃないのよ。ただ、反省してほしいっていうか、あなたから聞くお母さんが、何か変わった、というのを待っていたのかもしれない。孤立したら、きっと今まで目が向かなかったものに、向くでしょう？」

「そんなに簡単に人は変わらないよ。うちのお母さんは、昨日だって、スーパーで買ってきたブロッコリーについてた幼虫を『早く処分して！』って大騒ぎしてた。でもね！　そういう人は大勢いるんだよ。虫が好きじゃなかったのに、旦那さんが好きだからって自分も虫好きになれる人の方がめずらしいの。嘉世子さんはそういうレアな人で、その価値観を他人に押し付けたって無理なものは無理なの！」

「そうなのよね。あなたと親しくなってから、気持ちを変えようとしたのよ。でも、この窓に朝、立つたびにどうしてもね」

ばーちゃんって「恨み」の感情がすげー強いんだよ。しつこいよ。

ヒカルが言ったことを思い出す。

嘉世子さんだから、イモムシ部の顧問だから、善意に解釈したい自分がいる。けれど、どう考えたっておかしいではないか。

「ここが好きだったのに。遊びに来られるのが楽しかったのに」

次の言葉を口に出すかどうか迷った。十秒、二十秒。沈黙ののち、ついに言った。

「嘉世子さんがそういう気持ちを持ち続けてる限り、わたし、もうここへは来ない」

何も答えずに、嘉世子さんはレースのカーテンを指でいじっている。

わたしは部屋を出て、階段を足音を立てて駆け下りた。テラスからシューズを履いて外に出る。

イモムシの卒論、今から別のテーマに変更したら、先生、怒るだろうか。

イングリッシュガーデンも雑木林も、太陽がまぶしすぎて、ただの緑色にしか見えない。一つ一つの植物を、そこについているイモムシをもう一度見たい誘惑を堪えて、わたしは門を飛び出した。

その日の夜、わたしは自分の部屋に閉じこもって、イモムシを見つめていた。コナちゃんはさっきから全然食べずに固まっている。眠っているのか、前蛹になるのか。

嘉世子さんにイモムシの話をするのを忘れていた。そう考えてから、ああ、もう絶交したんだった、と思う。自分の行動に頭がついていかない。そもそも十五歳が、六十歳だか七十歳だか八十歳のおばあさんに対して絶交するというのは妙だけれど。先に失礼なことをしてきたのは向こうなのだ。

誰かが、わたしの部屋のドアをノックした。びくっとしてコナガの置き場所を探す。辞書を手前に立てて隠してみた。

「ちょっといいかな」

母ではなく、父の声だった。

「何？　今宿題やるところなんだけど」

そう言いながら、あわてて社会の資料集を広げる。

本当は、期末試験が終わったばかりで、宿題など出ているわけはなかった。

父はそっとドアを開けて入ってきた。振り返ると、ベッドに座ろうか迷っていて、結局壁にもたれてドアノブに手をかけている。ダークベージュの部屋着も、父が着ると冴えない黄土色だ。

「今日、藤沢の植木屋さんと話して、お父さんのミッションは完了したんだ」

「完了？」

「簑島さんに呼ばれて、相談を受けていたチャドクガやらの害虫の件さ。植木屋さんが、チェックしてくれることになって、無事解決したよ」

「ふうん」

「その……何だかな、凪が勘違いしているかもしれないから、言うけども」

は？　勘違い？

思い切りにらんだら、父は目を逸らした。

「聞いたところでは、父さんと華乃さんが車で出かけているのを見て、凪が心配している、と」

「別に心配なんか」

気持ち悪いって思ってるだけだよ、と声に出さず続ける。

「華乃さんが植木屋さんの場所を知ってたから昨日案内してもらっただけだよ。そして場所がわかったから、昨日はお父さんが運転した」

完璧に理論武装しているところが、かえっておかしい。でも、なるほどね、と思いたい気持ちも数パーセントある。

「とにかく、凪はまた嘉世子さんのところに行って、イモムシの手伝いしてあげてくれ、な」

わたしは返事をせずに、机の上の辞書をどけた。すぐに父は気配を察して、近づいてくる。

「おお、コナガか」

調べなくてもわかるのか。

「農薬にすぐ耐性ができる害虫なんだ。父さんの会社でも常に対策を練っているよ。でも実際には小さくてかわいい蛾だよな。これ、もうすぐサナギになるよ」

「え？」

「小さく見えるけど、終齢幼虫だし」

「そうなんだ」

翌朝、ベッドから起き上がったわたしは、ブロッコリーに細かい細かい糸で作られたサナギを見つけた。細かく編まれた網の向こうに、緑色の体が透けて見える。

嘉世子さんに伝えたいのに、電話ができない。

なんだろう、ほっぺたが濡れている。

ごしごしこすって気がついた。

涙だ。

# 十月

コナガが羽化した。

その瞬間を見られなかったのは残念だ。夜のうちに、あるいは明け方なのか、サナギから脱してブロッコリーの茎にちょこんととまっていた。体長は一センチ程度で、翅はアイボリーと茶色が複雑に模様を描いている。

「コナガちゃん。こんにちはー。帰ってから放してあげるね」

羽化してすぐには飛び立つことができない。それは嘉世子さんのイモムシ部で教わったことだ。半日か、長ければ一日くらいはじっとして、やがて翅をぶぶぶと震わせて、離陸準備が完了となる。

家を出て、坂を下る。風が一週間前よりも、ひんやりしてきた。制服が今週から冬服になったのだけれど、暑さを感じない。

信号の手前で止まると、そばの家の花壇で卓球のボールみたいな、まんまるな花が咲き乱れていた。白と濃いピンク色でかわいい。名前を知らないことがとてもくやしい。

学校に着くと、ちょうど下駄箱で風美花に会った。

「おっはよ！」

元気に笑顔を向けてくれる。思わず言わずにはいられなかった。

「育ててたコナガちゃんが無事に羽化したの」

「え、コナガって何？　鳥？」

「蛾」

「ぎええ〜」

「すごくかわいいんだってば。ちんまり小さくて。蛾感はないよ」

「何、蛾感って。どんな蛾もダメだってば」

普段、虫が苦手な風美花には話さないようにしているのだが、聞いてもらうしかなかった。顔をしかめている風美花に、そのかわいらしさをしつこく伝えながら廊下を歩く。すると、風美花が話を遮ってきた。

「ところでさあ、ヒカル、大丈夫なの？」

「え」

「ネットで見たよ。あたしが見るってことは相当広まってるんじゃない？　整形説」

「ああ……」

「ほんとなの？　本人に聞いた？」

「聞くわけないじゃん」

語尾が強めになってしまった。

風美花が夏までみたいに、心の底から心配してくれるならいい。でも、どこか面白がっているような感じがあるのだ。

それでも、どういう噂になっているのかと気になってしまう。

「どんなこと、ネットに書かれてた？」

「うーんとね。鼻がブタ鼻で、何年か前に手術したっていうのとか、顔のエラがめちゃめちゃ張ってて、それを削ったとか、いろんな説が飛び交ってるよ」

「顔の輪郭削るって、大出術じゃん。あり得ないだろ」

腹が立ってきて、乱暴な言葉が無意識に飛び出した。

「メンバーに入れなかった人たちのファンが暴れてるんだよ」

「でも、他の三人にはそういう噂ないんだよねえ。なんでヒカルだけ」

「知らないよ」

ちょうど教室に着いたので、話を切り上げることにした。

前の風美花だったら、「ひどいよねえ」「憤慨しちゃうよねえ」と怒ってくれた気がする。今は、興味を失ったどころか、洋楽ファンにありがちな、どこかJ－POPを下に見ている感じが伝わってくるのだ。

今、ヒカルを語り合う気にはなれない。

「DUSH」というのが、選抜メンバー四人の正式なグループ名となった。大吾《だいご》、海《うみ》、翔一《しょういち》、光。

その頭文字をつなぎ合わせた名前なのだ。

ヒカルのHが、一番後ろにあるのが若干不本意なのだ、ということも本当は風美花に打ち明けたかった。でも、くだらない、と言われそうでやめた。少し前に、グループ名が「rusk」になるかも、というガセネタが流れたとき、風美花は「それは絶対ないよ。だって、カナダに『Rusk』っていうグループ、既にあるもん」と言ってきた。そのときも、情報ありがとう、と素直に言えなかった。

教室内の会話に耳を澄ませると、みんな文化祭のことばかりだ。来月の頭に開催される最大のイベントで、運動部は対外試合、文化部は展示や舞台上演やコンサートなどをやる。あと、一部の部活は模擬店も出すので、部員は一日中校内を走り回って大変なのだ。

もしかしてわたしって、今ひとりぼっちのかわいそうな子なのかな。そう思われているかな。

おそるおそる周囲を見回す。

幸いなことに、誰にも侮蔑の目で見られてはいなかった。というか、誰ひとりわたしを見ていなかった。

先生が来て、ホームルームが始まった。

後期の生徒会役員を決めなくてはいけないのだという。生徒会長と副会長が高二、いくつかの役員が高一で、中三のうちのクラスからは書記を一名出さなくてはいけないそうだ。

「ねえ、誰か立候補いないかしら？　どうしても出さなくちゃいけないの」

みんな一斉に顔を伏せる。

「文化祭がやばいもんねえ」

「身体がパンクする」

そんなささやき声が後ろから聞こえる。

一番前の左端に座っているわたしは、黙り込んだ先生が気になって顔を上げた。その瞬間、目が合ってしまった。

「新巻さんはどうかしら」

自分の名字を恨んだ。「ア」行だから、前期はたいてい最前列なのだ。この後、すぐに後期のための席替えをやるはずなのだけれど。

隣にいる「カ行」の風美花すら目を伏せて、「話しかけないでね」オーラを出している。

「まあ、やれなくもないですけど」

そう答えたのは、クラスのみんなから、「そうだよ！　新巻さん部活入ってないし」「ヒマだし！」と言われたら、みじめ過ぎるだろう、と予想したからだ。

「じゃあ、生徒会書記は、新巻さんにお願いしますね」

無責任な拍手がパチパチと沸き起こる。

あーあ、今月、ヒカルのデビューで気持ち的には忙しいのに。そう思いながら、わたしは立ち上がって、クラスのみんなに会釈した。

いつも通り、ぼんやりと授業を過ごして、放課後、図書室に行った。立派な装丁の図鑑は貸出禁止なのだが、奥にある普通の単行本サイズのものは借りられる。

『季節の花３００』『野山の花』『園芸図鑑』といった背表紙のなかから、結局『季節の花３００』を選んで借りて、教室に向かった。生物室の前から、山居《やまい》先生が出てきた。去年、理科を教えてくれていた先生だ。

「あら、植物の本」

わたしの持っている本に目を留めて、先生は感心した声を出す。そのトーンにつられて、

「登校中に、名前のわからない植物があったので」

「まあ、調べるなんて素敵ね。花が好きなのね。あ！　じゃあよかったら、お裾分けもらってくれな

い？」

先生は返事も聞かずに、生物室へ戻っていく。わたしは、室内には入らず、入口のドアのところから先生の様子をうかがった。

間もなく先生は、大きめのビニール袋に入った何かを運んできた。

「これ、パンジー。これから冬に向けて長く咲くから、校務員さんが花壇のために仕入れたんだけど、余ってしまったんだって。ここに四つ入ってるから、もらってくれる？」

「四つも？」

「プランターに植え替えて、外に置いてあげて。雨が適当に降るようなら、そんなに水やりしなくていいし。雨降らないときは、じょうろにたっぷり」

覗き込むと、紫と赤紫と白と黄色の花が揺れていた。

「はい」

家にはプランターも土もないことは言わなかった。


帰宅すると、母が食堂で頬杖をついたまま、固まっていた。

「どうしたの？」

声をかけると、本当にその瞬間までわたしの足音に気づかなかったみたいで、ハッとした表情で、

「あら、おかえり」

とだけ言って、また無表情に戻ってしまった。

とりあえずパンジーは玄関の外に置いておいて、まずはコナちゃんんだ。

わたしは二階に駆けあがった。

ぷるると小さな翅を震わせたように見えた。

「コナちゃん、飛び立つ準備できた？」

できた。とっくにできてる。

そんな返事が聞こえた気がして、わたしはバッグを放り出し、制服からジーンズと長袖Tシャツに着替えて、プラスチックケースを両手に持った。階段を下りて外に出る。

成虫になってから、フンはしていないようだ。もうブロッコリーは食べないのかもしれない。

わたしは上の蓋を取った。

コナちゃんは気づいていないのか、しなびたブロッコリーの上から動かない。

植物のないところに放されても困るだろう。そう考えて、坂の途中の広場まで行ってみた。嘉世子さんの庭だったら、あらゆる草木があって、きっとコナガちゃんも生きていけるだろうに。いまさらどうにもならないことを思いながら。

広場には、わたしがもらったのと同じパンジーや、菊の仲間などが咲いている。

育てたものを放すのは生態系の破壊、と嘉世子さんが言っていたのを思い出した。自分で望んで飼い始めたわけではないからご容赦ください、と誰にともなく理解を求める。

「コナちゃん、どこかでちゃんと食草見つけるんだよ」

わたしは体に触れないように指をそっとのばして、ブロッコリーをつかんだ。そして、ケースの外に出した。どこかに乗せてあげようと思った瞬間、コナちゃんは、パタパタッと翅を広げて飛び立った。

小さいのに意外と敏捷で、あっという間に二、三メートルの高さまで飛んで、西日に溶け込んでいってしまった。

「バイバイ」

あっけなかった。

家に戻った。黙っていようかと思ったけれど、母に報告することにした。誰かに、伝えたかったのだ。わたししか見届けていないコナガの旅立ち。

「お母さんが嫌ってた、ブロッコリーの蛾、成虫になって飛んで行ったよ」

「まあ、よかった」

え。わたしは冷蔵庫の扉を開けようとして、お母さんを見た。上の空とはいえ、「よかった」という言葉が出てくることが信じられない。

「どうしたの」

一応聞いてあげることにした。

「同じこと言われたの」

「え？」

「新しいハーバリウムの先生にもね、同じことを言われてしまった。レッスンが終わってから雑談で、前の先生の話をしたのね。そしたら、『わたしも同じような気がしていました。新巻さん、どうしてハーバリウムをやるんですか？　花とか生きもの、好きじゃないですよね？』って」

「バレるもんなんだ」

雑に答えてしまったが、母は憤慨する元気すら失っている。

「花材の扱い方とかに表れるんだって。ドライフラワーだって、生きたお花なんですよ、って。新巻さんは、紙切れをカットするのと同じ感覚でやっていませんか、って」

「抽象的だなぁ」

今度はうっすらフォローした。どちらにしろ母の耳には入っていない。

「ハーバリウムに興味があって、レッスンを受けるだけならそういう方も多いし、何の問題もないけれど、人に教えるなら、花材がもともとどういう植物だったのか、自然というのはどういうものなのか、生きものに触れて、わかって、愛情をもって接した方がいいと思いますよ、って」

この間、先生を激しく攻撃していたときとは、様子が違う。だから、もっとフォローしてあげないと、と思いながら、母が明らかに望まないであろうことを口走ってしまった。

「じゃあ、愛情をもって接したらいいんじゃん？」

「無理よ、人間ってそうは変われない。わたしは花も虫も生きものも、触りたくないんだもの」

「そこを、無理して触ってみるんだよ」

「ダメだってば」

「玄関の外に、パンジーがあるから。これから植え替えなきゃいけなくて、その前に下のお花屋さん行って、プランターと土を買わなきゃいけなくて、いっぺんに買って坂上るの大変だから、お母さん車で連れて行ってよ」

母は三十秒ほどの間を置いて答えた。

「そうね、夕飯のお買い物行かなきゃ」

「じゃあ、一緒に行こうよ」

しょっちゅうおつかいを頼まれるけれど、二人ででかけるのは久しぶりだった。

仏頂面の母に、プランターを選んでもらった。わたしは腐葉土と軽石を見つくろった。

買い物をして帰ってきてから、ビニール袋の中のパンジーを見せた。

「花ってよく見ると気持ち悪くない？　花びらの形とか、おしべもめしべも」

ぶつぶつ言っている母に、買ってきた腐葉土をプランターに入れる作業を手伝ってもらう。

「土の中って、何か虫が絶対いそうよね……」

「買ってきたやつにはいないでしょ。いたら、わたしが解決するから」

「凪は頼もしいねえ」

母はふーっと息を吐いた。

三十分ほどかけて、夕日が沈む頃にパンジーのプランターはできあがった。

紫と赤紫と黄色と白い花が一列に並んでいる。白は元気いっぱいに開いていて、黄色はつぼみが多い。これから開くだろうか。

母は数歩下がって、目を細めた。

「遠くから見ると……そんなに気持ち悪くないわね」

「うん、そう。愛情をもって接して、先生をギャフンと言わせないと」

「ギャフンっていまどきの中学生でも使うの？　死語だと思ってた」

ようやく母が笑った。

放課後、下駄箱で靴を履き替えていると、下級生の女子が二人、はしゃいでいるのが聞こえてきた。

「いよいよ明日だねーっ」

「『DUSH』のデビュー会見、超、超、楽しみーっ」

「わたしの翔一！」

「海くーん」

推しメンバーは違うけれど、同じグループのファンだ。近づいて挨拶したい気持ちにかられた。「わたしはヒカル推しなの。よろしくね！」と。でも、下級生たちに「何この人、会話盗み聞きしてた……」と引かれる気もしてあきらめた。

こちらも風美花が一緒で、二対二だったら心強いのだけれど。いや、そもそも風美花がいたら、わたしは下級生の仲間をほしいとは、きっと思わなかった。

帰宅して晩ご飯を食べてから、自分の部屋で数学の問題集を広げて、まずはスマホを開いた。

誹謗中傷も、そろそろ落ち着いてくれるといいんだけど、と思いながら、ファンが集うサイトを開いたわたしは、異変に気づいた。

普段だったら、穏やかなコメントが並んでいるはずなのに、みんな「！」マークを連打している。

『信じられない！』

『変な情報に踊らされるのはやめよう！』

『もし本当だったとして光くんへの気持ちが変わるわけじゃない‼』


きっと整形問題だ。

あちこち、スマホを叩きまわして、いろんなサイトをチェックしに行って、予想は合っていたことがわかった。

なんと「SHINJITSUABAKU」というサイトが、幼少のヒカルの写真を掲載していた。唇の上に真っ赤な大きな塊がある。ほくろにしては大きすぎ、シミというには盛り上がり過ぎている。その塊に引っ張られているのかどうなのか、唇の形が今とだいぶ違う気がする。それを手術で取ったときに、唇のかたちも整形したのだ、と記事には書かれていた。

どんな悪意だよ、とわたしは机を思わず、どんとこぶしで叩いた。

デビューで話題になるとわかっていて、わざと前夜に、こんなものを投稿する。会見を予定通り行ったとしても、完全にケチをつけられてしまった形となる。


『何が真実を暴くだよ』

『人を不幸にして何が面白いんだよ』


コメント欄には、ヒカルファンたちが、抗議の書き込みをしている。一方で、面白がって拡散しようとしている人たちも多い。

どうしてさっき、下級生たちと知り合いになっておかなかったんだろう。この感情を伝える相手がいないのは、つらすぎる。現に、胸の中央あたりがしくしくと痛みだしている。

いや、とりいそぎ、わたしの痛みなどどうでもいいのだ。

ヒカルは大丈夫なんだろうか。

スマホをじっと見た。

プロローグを起動してみようか。早くも指に、じわっと汗が浮いてきた。ヒカルあてのページを開く。簡単にメッセージを送ることができるのだ。

『ヒカル様。明日はいよいよデビューですね。デビュー曲が楽しみです』

そこまで書いて全部消した。

『新巻凪です』

また消した。

『イモムシ部の新巻凪です。待望のデビュー曲、明日発表されるんでしょうか。発売されたら即買いますね！　ファイトです』

これでいいのだろうか。思い切って踏み込んでみようか。

『イモムシ部の新巻凪です。明日いよいよデビュー！　楽しみで仕方ありません。あ、なんかネットで一部変な話題が出てますけど、ヒカルさん、気にしてないですよね？　わたしたちファンも全然気にしてないので！　これからいそがしくなりますね。わたしは育てていたコナガのイモムシ、無事に羽化させましたよ』

心配していることと、応援していることと、蛾の話題を織り込んでいて、たぶん、まあまあだ。このままだと問題集をやる前に、寝る時間が来てしまう。わたしは、思い切って、ピッと送信ボタンを押した。

それから、気分が乗らないまま数学をやった。三十秒に一回、スマホの画面を見てしまう。返事なんて来ないと思うけれど、プロローグからの新着通知を待ち続ける。

日付が変わっても、返事は来なかった。

どうしても学校なんて行けない。行っている場合ではない。

朝、わたしはダメもとで母に訴えてみた。

「身体がだるいんだけど」

「あら、そうなの？　なんだか顔色も良くないわね。熱、測ってみなさい」

母が顔を覗き込んで、それから体温計を渡してきた。緊張しながらソファで測ったわたしは小躍りしたくなるのを我慢した。

なんと、熱が三十七度三分あるではないか。

「微妙な熱ねえ」

という母に対し、

「熱って朝が一番低くて、これから上がるんでしょ？」

と、まさに〝熱弁〟した。

「でも、お母さん、今日は仕事の日なの。凪、ひとりぼっちで過ごすことになる」

それこそ、まさに願ったりかなったりです！とは決して言わず、わたしは神妙な顔で、留守番する旨を伝えた。

午後二時、ちょうどテレビのワイドショーをやっているタイミングで、会見が生中継される。これだけ大々的に、この事務所から新しいグループがデビューするのは、五年ぶりだそうだ。

午前中は二度寝をして、ヒカルの身体がだんだん空気に溶けていく怖い夢を見て目を覚まし、スマホをいじりながらご飯を食べ、あとは三十分前からテレビの前に待機した。

「それでは、お待ちかねの中継なんですが、ん？　急遽中継場所が変わるということですね。当初は東京シーポートで、と聞いておりましたが、ええと、ちょっとお待ちください」

司会やゲストが何やら画面のなかでバタついている。

待たされている間、わたしは両手を合わせて目を閉じた。

　ヒカルが何事もなくデビュー会見を乗り切れますように。変な質問が来ませんように。あれ？　会場が変更になったのって、もしかして、ヒカルのことと何か関係があるのだろうか……。

「それでは、今度こそお待たせしました。話題の大型グループ『ＤＵＳＨ』のデビュー会見が始まりますので、中継会場を呼びます」

　画面が切り替わった。地味な会議室のような場所。テーブルの前に四人が並んで立っていて、向き合うように記者席がずらりと並び、カメラマンの集団が激しくフラッシュを焚《た》く。

　デビュー会見というよりも、企業の謝罪会見のような空気をまとっている。一応、四人の着ている衣装はワイン色のスーツで、カッコいいのだけれど。

　大吾、海、翔一、光。ＤＵＳＨの順に並んでいる。

　司会進行の人が、威勢よく四人を紹介する。彼らは笑顔を見せながら、カメラマンの前でポーズを取る。

　今のところは、イメージ通りのデビュー会見だ。少しホッとして、身体の力を抜いた。無意識のうちに、リビングのガラスのテーブルに這いつくばるようにして、テレビに向き合っていたのだ。

　髪の短い大吾が、頭の形のよさを見せながら、まず挨拶する。続いて、カピバラに似ているとファンに親しまれている海。さらに、一番背が高くて、めったに笑わない翔一がクールに決める。

　ラストがヒカルだ。よかった。口元に小さなえくぼが見えている。いたずらっぽい笑みを浮かべると、口の端っこにできるのだ。表情は四人のなかで一番明るい。

　質疑応答が始まった。

「四人全員への質問をお願いしまぁぁっす。一人だけへの質問はご遠慮くださいね〜」

と司会者が明るく釘を刺す。

デビューの心境、これからの目標、お互いに仲がいいのかどうか。そんな質問が続いて穏やかに進んでいく。

そうか、こういう場では大人は決してはっきり言わないものなのだな、とわたしは納得した。テレビが表で、ネットは裏。陰で何がウワサされようが、表ではみんな素知らぬふりをするのだ。

安心して、ソファに座りなおした矢先だった。

インターネット新聞の記者を名乗る男が突然こう言った。

「メンバーの皆さんに質問です。子どもの頃の想い出を教えてもらえますか？」

会場がざわめく。これからデビューするグループに対して、明らかに意味不明な質問だ。意図していることは、ヒカルの子どもの頃の「顔」の話に迫りたい、ということのみに思えた。しかし、四人への質問だから、司会者も遮ったり断ったりするわけにはいかない。

「子どもの頃ですかぁ」

戸惑った顔でしゃべり始めた大吾を邪魔したのは、ヒカルだった。

「ぼくに向けて質問したいんですよね？　ねえ、今質問した人。これ、本当はぼくにだけ答えてもらえればいいんですよね？　違いますか？」

会場が凍りついている。

「あ、あのぅ」

と司会者が、スタッフの指示を仰ごうとしているみたいで左右をきょろきょろしている。着席した質問者は既にマイクを持っていない。うなずく様子がテレビに映し出された。

視聴者にとって面白い見世物になってしまう。テレビを消したい衝動を堪えた。ヒカルが何を言うのか、見届けなくてはいけない。

「どうも話題になってるみたいですよねー。ぼくが整形した説」

軽いトーンでしゃべっているけれど、目に緊張が浮かんでいる。嘉世子さんの庭では、見たことのない表情だ。

頑張れ、頑張れ。

わたしは、ガラス製の重いリビングテーブルを全力で押しのけて、テレビから五十センチの距離で凝視した。

「あのね、結論から先に言うと、イエスです」

テレビ画面がぐらっと動いたように見えた。カメラの列が、猛烈なフラッシュを焚き始める。

「ええ、整形してます。ぼく七歳だったんでね。整形の意味が全然わからなかったんです……ってそんなわけないでしょ。わかりますよ。乳児血管腫というもので、手術する人と、手術しないで自然治癒を待つ人がいるんだけど、ぼくの場合は手術した方がいいってことになって、ぼく自身も意見聞かれて、こういう性格ですからぁ、さっさと治った方がいいと思って、それに手術っていうのにも憧れてたし、お願いしたわけなんだけど。もしそれで、『ＤＵＳＨ』のメンバーになるのに不都合があるっていうんなら、そのときちゃんと病院側から伝えてほしかったですよねー。手術すると、でっかい赤いイチゴちゃんは顔からなくなるけど、将来『ＤＵＳＨ』には入れませんよー、って。あ、先生はその頃、『ＤＵＳＨ』なんて知りませんもんね。ちなみに、イチゴっていうのは、ぼくのオリジナルの表現じゃないです。乳児血管腫は、イチゴ状血管腫とも呼ぶんです」

緊張がほどけてきたみたいで、話の切れ目に、ぱっと笑みが浮かぶ。

「実は、ぼく、虫が好きなんですねぇ。虫ってね、しょっちゅう進化するって知ってます？　特にツノゼミってわかりますかね？　世界中にいるんですけど、あり得ない形のツノとかボディを持ってるやつらなんです。ちっちゃいから皆さん、あんま見たことないと思うんですけど。年がら年中、新種が誕生してる世界なんですよ」

場内はしんとして、遮るものはなく、ただただカメラのフラッシュが点滅し続けている。ヒカルの顔のアップから、メンバー全員の顔に画面が切り替わる。

大吾は真面目にヒカルの顔を見ている。海はじっと一点をにらみつけている。たぶん、質問者を見ているのだと思う。翔一は退屈してしまったようで、スマホを取り出していじっている。全国に放送されていることを忘れているのか。自由すぎて、ついわたしも笑ってしまいたくなる。

『ＤＵＳＨ』、なんだかいいグループだ！

「それで、ぼく、思ったんです。七歳の頃のこと、今振り返ると、あれは進化だったんじゃないか、って。ぼくは普通の人間に赤いイチゴを足した状態で生まれてきた。でも、この進化は必要ないとうちの親は思った。削除した方がいい。てか、翔一、何やってんの？」

ヒカルが翔一にツッコミを入れる。すると、彼はスマホの画面を見せた。

「ツノゼミって、こんなんなんだね。すげえ。ミラクル」

頭部にでっかいコブを乗せた虫が画面に映っているのを、カメラがとらえた。

ほんとだすごい。そして、自由な翔一が、ヒカルをさらにリラックスさせてくれたような気がして、ありがたい、と手を合わせてしまう。

「そうなのよ、翔一くん。ツノゼミはミラクル。虫だったら、いろんなタイプのやつが、いろいろ進化したやつが、自由に生きてる。DNAが生き残るかどうかは環境が決める。敵にやられなくて繁殖できたら、そいつは生き残る。人間は進化――という言葉がおかしかったら、変化でもいい――普通の人間と違うふうに生まれてきたら、それを『障害』だとか『病気』だとかにして、消していく。そりゃ、命に危険のある病気なら即刻治さなきゃいけない。けど、全然命に関わらなくても、ぼくたちは平均化される。そういうわけで、質問した記者さんに、逆に聞きたいんだけどね、ぼくは整形しなきゃよかったんですかね？」

ヒカルが黙った。会場がざわめいている。まばたきの回数が極端に減っているせいだと思うが、わたしは目に痛みを感じていた。でも、ヒカルの痛みに比べたら、本当にどうということはない。

記者がマイクを受け取った。

「ありがとうございました」

それだけ言って、着席した。

しんとして、また司会者が左右をきょろきょろし始める。

誰かまとめてよ！　早くこの会見を終わらせて。

そう思ったとき、口を開いたのは大吾だった。このグループにリーダーはいないらしいけれど、でも胸の張り方が、メンバーの盾になる覚悟を示していた。

「まだ何も始まっていないけれど、『DUSH』はこの四人でなければいけないグループです。ここから、どんなときもおれたちは一緒に、前を向いて、やっていこうと思います」

中継画面が途切れて、情報番組のスタジオに戻った。

「以上、『DUSH』のデビュー会見でした。意外な発言もいろいろありましたが、これからみなさん、ぜひ頑張ってほしいですね！」

無難なコメントの直後、コマーシャルに入った。

しばらく茫然としていたわたしは、もうすぐ母が帰ってくるかもしれないと気づき、ガラスのテーブルを元の位置に戻して、二階に駆け上がった。まっすぐ歩いているような、ゆらゆら揺れているような、よくわからない感覚に襲われているのは、熱が上がっているせいだろうか。仮病のつもりだったのに。

ベッドに倒れ伏して、スマホを開く。

みんなはどう言っているだろう。この会見についての速報を見つけ、記事の後にくっついているコメント欄を読んでいく。


『進化がなんだって？』

『虫と人間を一緒にされてもねー笑』

『光のファンになった！』

『DUSHの絆に感動！　応援する！』

『前例のない会見だわ。これ絶対損してるだろ。光の代わりに別のメンバー入れとけばよかったのに』

『光ってクールに見えてバンバンしゃべるのね。ギャップがいい』

『くちびるの形、いいと思う。医者グッジョブ』

『結局新曲発表しなかったな。このまま解散じゃね？』

『会見で言わなかったけど、この人、簑島隆三の孫なんでしょ？』

ファンとアンチと見物人が入り乱れている。「DUSH」はこれからどうなっていくんだろう。本当に活動停止、解散することもあるのだろうか。まだ、何も始まっていないのに。

プロローグ経由でメッセージを送りたかった。でもやめておいた。前に送った分にも返事がないのに、重ねて連絡するなんて、そんな強いメンタルは持っていない。

嘉世子さんは、テレビで会見を見たのだろうか。簑島隆三が生きていたら、孫をフォローして、整形の噂はなかったことにできたのだろうか。いや、時代が違うか。今は、誰もが自分で発信するツールを持っているのだ。全員の口を抑えこむなんて、できっこない。

わたしは布団をしっかり被って、スマホで今度はツノゼミを検索し始めた。

「ねえ、ちょっとちょっとー。凪、部屋にいるんでしょ？　寝てるの？」

声が近づいてくる。

うつらうつらしていたみたいだ。大声で返事をするには肺にしっかり空気を入れなくてはいけなくて、それが面倒くさい。

黙っていると、ドアが開いた。

「ねえ、凪。今、パンジーに水をあげようと思ったら、気持ちの悪い虫がいるんだけど」

「ハッ？」

勢いよく起き上がりすぎて、頭がくらくらした。

「変な虫……って？」

「そんなのわたしがよく見るわけないじゃない？　水をあげようなんて、無理しようとするからバチが当たったのね。とにかくあれ、何？　猛毒がありそうなの。殺虫剤使っていいの？　いいよね」

「いやいやいや、ちょっと待って。お母さん、何も触らないで」

パジャマではなく部屋着で寝ていてよかった。すぐそのまま階段を下り、リビングからテラスに出る。いつの間にか夕暮れになっていて、冷え冷えとした空気が裸足をなでた。

プランターのパンジーは、夕日に照らされてオレンジ色に染まっていた。

「猛毒の虫？　どれ」

「ほら、その葉っぱの上。小さいけど危険よ」

「あ……」

母の言うことが必ずしも誇張でないことを知った。今までは小さすぎて気づかなかったのだろうか。これは一齢や二齢幼虫ではない。かなり大きい。

全体が黒地で、背中をまっすぐ貫くように、赤いラインが入っている。正確には朱色というべきか。そして、そのラインの左右に黒いトゲトゲと赤いトゲトゲがいっぱい突き出ているのだ。

どこから来たのだろう。学校で受け取ったときは、絶対にいなかった。

チャドクガのような毒蛾を連想した。

嘉世子さんに相談できないのが痛い。そう思ったのは、これで何度目だろう……。

「お母さん、スマホ貸して」

自分のものは二階に置いてきてしまった。

「え、はい、これ」

「調べてみる」

「じゃあ、わたし、殺虫剤取ってくる」

赤、黒、毛虫。

これで画像検索してみたら、ずらずら出てきた。マイマイガなど違うものもいくつか交じっているが、ほとんどがこれと似たような形状だ。

選択して、名前を確かめてみる。

「え、あ？」

母が戻ってきた。既に、殺虫剤のプッシュボタンに右手の人差し指を載せている。

「ちょっと待ったぁ！」

わたしは、母の前進をストップさせるべく、プランターをかばって立ちはだかった。

「何？　なんなの」

「ツマグロヒョウモン、だって」

「なぁに、それ」

「チョウチョ」

「え？」

「毒蛾じゃない。蝶だった。しかも無毒。こんなにトゲトゲして危険極まりない色してて、実は無毒なんだって。ルリタテハとおんなじだ」

言いながら笑い出してしまった。

自然界というのはなんて自由なんだろう。どんな色合いも形もありなのだ。

「スミレにつく、けっこう普通のイモムシの幼虫だって」

もしや近所の庭から、移動してきたのだろうか。隣の家を見たら、門の脇にビオラの花が植えられていた。

「何を食べるの」

「スミレ」

「これ、スミレじゃなくてパンジーじゃないの」

「パンジーもスミレの仲間なんだって」

ビオラもそうだ。

「え、そうなの」

お母さん、そんな感じだから、ハーバリウムの先生にいろいろ言われちゃうんだよ。と、指摘したらきっとまた落ち込むので、わたしは黙ってスマホのカメラ機能を起動して、写真を何枚も撮った。

こちらに頭を向けたイモムシが撮影できた！

「やめてよ、そんな気持ち悪い虫の写真。わたしのスマホなんだから」

母が抗議してきたけれど、それほど強い口調ではないので、わたしはそのまま撮り続けた。


翌朝、登校して校舎の廊下を歩いていると、教室の前に突っ立っている風美花を見つけた。

「おはよー、どうしたの？」

声をかけてみると、逆に聞かれた。

「そっちこそ、どうしたのよぅ。昨日休んじゃって」

そういえばそうだった。夜になると熱はすっかり下がっていて、ちっともだるくなかった。すぐ治る風邪だったのか、会見を見て身体の中で自家放電してしまったのか、未だに謎だ。

「ちょっと調子が。でももう治った」

「そうなの？　よかった。昨日の夜、連絡したくってー。でも、体調悪くて寝てたら悪いから、遠慮したの。今日来なかったら、プロローグするつもりだったんだけど」

わたしが教室に入って、机にバッグを置くと、風美花は前の席に座って、こちらを覗き込むようにしてきた。

「でさ……見た？」

「ああ、うん」

やっぱりそうか。記者会見を見て、半ば同情し、半ば面白がっているのか、と思うとわたしの顔はこわばっていった。元ファンの人に心配するふりはされたくない。でも……ヒカルのことを話せる相手は他にいない。

どういうふうに対応するか頭のなかで考えている間に、風美花がささやいてきた。

「あのね、わたしね……実はファンになっちゃったかもなの」

「へ？」

「昨日の会見を見て」

「え、え、え？」

「そう。ほんとはヒカルのファンに戻った、って言いたかったんだけど……いや、ヒカルもすごくよかったんだけど。毅然としてて」

「ほんと？」

「うん」

「ださ」

「ただ？」

「あの人がすごーいカッコいいって思っちゃったの！」

キャッと風美花はほっぺたを押さえる。急に、夏休み前の彼女に戻った感じだ。

「誰？　もしかして」

「わかる？」

「大吾？」

「そうなのーっ。なんかさぁ、あの人、すっごくビシッと、ヒカルを守ってさ。やっぱり一歳年上だからかな。十八だよね。大人の魅力があるよねーっ」

「そうなんだ」

「あ、ごめん……怒った？」

「怒る、ってなんで？」

「だってヒカルじゃなくて別の人に、って」

ちょうど風美花の座っている席の子が登校してきたので、彼女は立ち上がってわたしの制服の袖をひっぱる。一緒に教室の一番後ろに行って、ゴミ箱のそばでひそひそ話す。

「うーん、たしかにヒカルが捨てられた気がして微妙に残念だけど、でも『DUSH』のこと、一緒に語れるの超嬉しい」

「わぁ、よかったー。わたし浮気してたじゃん？　アメリカのアーティストに。だからもう受け入れてもらえないかと思ったよ」

「じゃあ聞くけど、どっちが最優先で好きなの？」

「実はさ……。正直そーんなに好きじゃないんだよね。『バブルガムスーパースター』」

「え！」

「ホストシスターが好きって言うから、わたしも好きになった！って一生懸命ついていこうとしてるうちに、ちょっとその気になったかも、っていうくらいで。だって、ほんとに全然コミュニケーション取れなくてさ、言ってることがわかんないの。嫌われるんじゃないかって心配で、キャラ作ってたっていうか」

「え……そんな感じだったの。ホームステイ」

「だってさぁ、日本でたいして英語できないのに、現地で通じるわけないじゃん。それに、ちびっと腹がたったっていうのもあるよね。凪に」

「は？　わたし？」

「わたしがこんな大変なのに、凪、バーベキューの写真とか得意げに送ってきてさ」

「得意げじゃないよ。起きたこと全部、風美花と共有しなきゃって思って」

そうか？　心のなかで自問自答する。得意げだったかもしれない。仲良くなって、写真撮ってってヒカルに頼まれちゃったんだ〜、と。

「『ＤＵＳＨ』、どうなるのかな」

声に出すと、胸の一部がすっと軽くなった気がした。

昨夜、公式ホームページを見たら、活動予定は白紙で、デビュー曲は「制作が遅れています。もうしばらくお待ちください」となっていた。

「それこそヒカルに聞きなよ」

「聞けないよ……」

「大丈夫。大吾がいるから！　ちゃんと活動していくよ！」

本当に風美花が帰ってきてくれた。

「これからわたしたちも『ＤＵＳＨ部』頑張らなきゃね」

そう言うと、風美花は手を合わせた。

「うん、『ＤＵＳＨ部』頑張るからさ、わたし抜け駆けして、軽音部入っちゃったんだ。それ許してね」

言うタイミングをずっと探していて、今さりげなく伝えた。そんな感じだった。

「あ、なんか知ってた」

実際は知らなかったけれど、やっぱりそうだったか、とは思った。軽音部の子と一緒にいる時間が長かったから。

もし相談されていたら、足を引っ張ったと思う。中三の秋から部活に入るなんてさ、きっとうまくいかないよ、と。

先生が教室に入ってきたので、わたしたちはそれぞれ席に戻った。

窓から外を見る。電柱に一羽、カラスがとまっていた。くちばしが太くて曲がっているから、ハシブトガラスだ。

カラスだってひとりで生きてるんだから、泣くなよ。

自分に言い聞かせた。


「はい、みんな宿題、ちゃんと考えてきてくれましたか。順に発表してもらいます」

放課後の家庭科室で、生徒会が行われていた。

仕切っているのは生徒会長の高橋《たかはし》先輩。ぽっちゃりしていて、金縁の丸い眼鏡がちょっとお笑い芸人みたいだった。いつも口元が笑っている感じで、話しかけやすそうだ。実際に話しかけたことはまだないけれど。

その横にいるのが、副会長の高司《たかつかさ》先輩。明るい茶色の瞳は目ヂカラが強くて、大きめのアゴも威圧感があって、この人の方が会長に見える。

学校内では「中間管理職」的な中三だけれど、この生徒会は、中三、高一、高二のみで構成されるので、わたしたちが一番下っ端だ。

隣のクラスの松浪《まつなみ》さんが、

「あんまり思いつきませんでした……」

もそもそ小声で答えている。

これから半年間、いろんな活動をしていきたいので、まずは全員、それぞれ新しいアイデアを考えてくるように、というのが先週の生徒会の宿題だったのだ。

「じゃあ、新巻さん」

指名されて、わたしは紙片をファイルから取り出した。

「わ、紙持ってる。やる気ある！」

高一の先輩がからかってくる。

「これから半年の間、校舎のなかがもう少し華やかにきれいになればいいと思って。具体的には、講堂なんですけど。毎週火曜に全校で朝礼やりますけど、講堂の壇上って殺風景ですよね。あそこにお花が活けてあれば、すごくきれい、って思ったんです。生徒会のみんなで交代でやるのはどうでしょう。華道部の方に指導してもらって。花の名前を花瓶に貼って、覚えたい人は覚える。要するにわたし、花の名前をもっと覚えたいんです」

花の名前は、人に聞かないと意外と難しいのだ。似た別の種類のものと見間違うこともあるし。植物の名前を知れば、それを食草にしている虫も特定しやすくなる、ということは言い添えなかった。

「すばらしいアイデアじゃん。即やれるじゃん。ねえ、副会長」

そう言ってくれたのは会長だ。

副会長は、アゴと首のつけねの境をしばし掻いてから答える。

「ありかも。華道部って、お花余るから。そういうのでよければ、地味めだけれど、花材を提供できると思います」

「え」

知らなかった。高司さんは華道部だったようだ。自分が部活に所属していないと、人が何部にいるのか興味を持てなくなってしまうのだった。

「じゃあ、それは前向きに検討ということで。まず先生に問い合わせてみよう。ありがとね、新巻さん。一応宿題出したけど、マジに考えてくれる人、少ないと思ってた」

ほめられて、わたしの顔は熱くなっていく。

「ちなみに、新巻さん、何部？」

別の意味で、ますます顔が熱くなった。無所属なのは、同学年では知られていたけれど、なぜだか先輩には言いたくなかった。

「前は、体操部だったんですけど」

「あ、今フリー？」

フリー、という言い方に救われた。「無所属」の百倍いい。

「じゃあ、めっちゃ働いてもらっちゃおうっと」

「働きます！」

真顔で答えてしまった。わたし、すごく退屈しているんだ……。改めて気づいた。

# 十一月

消えた。

イモムシが忽然と消えてしまった。

昨日の夕方までは、確実にいたのに。テラスのプランターのパンジーは、だいぶ葉っぱを食べられていたけれど、まだじゅうぶん余裕はあったはずなのに。

脱皮を繰り返して大きくなったツマグロヒョウモンは、よりくっきりと黒と赤になってきて、棘はますます大きくいかつく、さらに質感がビロードのようにしっとりなめらかになってきて、見た目はすっかり「毒蛾の王」のようだった。

もしかしてどこかにサナギを作ったのか。土に潜るタイプのイモムシでないことは、ネットで調べ済みなのだが……。

疑って申し訳ないとは思ったが、一応母にも聞いてみた。

「イモムシが消えたんだけど……なんかしてないよね？」

「なんか、って何？　殺したってこと？　殺すならもっと小さいうちに殺すわよ」

ごもっとも。

それでも遠慮がちに食い下がってみる。

「いや、じょうろで水をあげたら、流れていっちゃったとか……」

「そんなことしないわよ。正直ね、ほんのちょっぴりかわいいかなっていう気もしないでもなくなっていたのよ。ほーんのちょっぴりね」

「えっ！」

「どんな子でも親はかわいい。育てていれば、ちょっとはかわいく見えてくるものなのかもしれないわね」

フン、と母は鼻を鳴らした。「どんな子でも」にかなりイヤミなニュアンスが込められていた気がする。

しかし疑ったわたしが悪いのだからしょうがない。

「今日はどこも行かないの？　お母さん、午後から講座、でかけてくるね」

「またハーバリウム？」

「そう」

先生に苦言を呈されてからしばらく、やめてやろうかしらとブツブツ言っていたけれど、気を取り直したらしい。

「ふうん。わたしは図書館行くと思う」

植物図鑑と昆虫図鑑を借りたいのだった。

テラスから芝生のあたりを探してみた。イモムシは、見つからない。

「ツマちゃ〜ん」

呼んでみたけれど、上空を飛ぶカラスがカァァと返事してきただけだった。犬や猫だったら、名前に反応してくれるだろうに。

ため息をついて、スマホを取り出した。鳥に食べられたのだろうと思いつつ、どんなところにサナギを作るのか、調べようと思ったのだ。起動ボタンに手をかけた瞬間、着信音が鳴り出した。

「風美花？　あれ、違う！」

電話だ。ヒカルからではないか。

「もしもし」

「あ、ハラマキさん。元気ィ？」

間違えて掛けてきたのではないようだ。

ヒカルに聞きたいことはいっぱいある。空白になったスケジュール、どうするの？「DUSH」はこれからどうなるの？　ヒカルは大丈夫なの？

「あのさ、今すぐばーちゃんとこ行ってくんない？」

「え？　嘉世子さん？　だってわたし」

もう縁を切ったんだもん。とまではきっぱり言えなくて、言葉を濁す。

「とにかく、頼む。行ってくれ」

「え」

「おれ、行きたいんだけど、レコーディングでさ」

「あ、もうレコーディングしてるんですか！」

じゃあ、デビュー曲はもうすぐ発表されるんですね！　そちらに食いついてしまう。

「ちょっと楽曲変えて、デビュー曲のカップリング、録《と》り直してるんだよ。それでスタジオ抜けられなくて。それよりばーちゃんが、ヤバいんだ」

「ヤバいって？」

ヒカルの焦りが、ようやく伝わってきた。

「やられたんだよ。佐川華乃に」

「は？　やられたって何？」

「盗まれたって。家のもの」

「はぁぁぁ？　華乃さんは今」

「トンズラだよ。どこ行ったかわかんねーの。もうばーちゃん、ぐったり落ち込んでるみたいだから。頼む。行ってやってくれ」

「わ、わかりました！」

次の瞬間、わたしは家に飛び込んで二階へ駆けあがり、バッグだけひっつかんで、階下へ下りた。

「お母さん、でかけてくる！」

「図書館で誰かに会うかもしれないんだから、もう少しマシな恰好していきなさいよ。それだらしなさすぎ――」

しまった。部屋着のスウェット上下のままだった。しかし、着替えているヒマなんてないのだ。

坂道を走って走って上った。運動部ではないのだ。すぐに息が切れてくる。心臓から喉にかけて、何かがせりあがってくるように痛い。口の奥に鉄の味がする。実力を超えて無理をしたとき、たとえば校内マラソンで五キロ走ったとき、こういうふうになる。

それでもストップしなかった。

いったい何？　サプライズだったりして。ヒカルのいたずらではないのか。

それでも、あの切迫した声が、何度も耳にこだまする。

インターフォンを鳴らした。ドアが開く様子はなかった。

もう一度押した。

玄関のドアをじっと見つめたけれど、人が出てくる気配はない。

さらに三回連続で押した。出てこない、もしくは誰もいない。そうヒカルに報告しようと、スマホを起動したところで、インターフォンから、

「はい、ああ、凪さん？」

返事が聞こえてきた。

「あの！　わたし、ヒカルさんに聞いて、来るように頼まれたのもあって」

「どうぞ」

プッと電子音が鳴って、門の施錠が外れた。

わたしは押し開けて、またしっかりと閉めた。建物の右側を回って、イングリッシュガーデンに出る。

一ヶ月ぶり、いや二ヶ月ぶりか。色彩がずいぶん変わっていた。

ガーデンの隅ではドウダンツツジの葉が、鮮血よりもなお赤く紅葉している。その隣のムラサキシキブは、どんなイモムシにやられたのか、上から下までほぼすべての葉っぱがボロボロに食べられていた。

テラスからガラス戸を開けようとしたら、ロックされている。コンコンとノックしていると、室内から影が浮かび上がり、レースのカーテンを開けて、嘉世子さんが錠を外してくれた。

「あの！　大丈夫ですか」

そう聞いたのは、ちっとも大丈夫そうじゃなかったからだ。化粧気のない顔は、ゴボウみたいな色をしているし、服装だって寝間着のままみたいだ。わたしも人のことは言えないけれど。

嘉世子さんはすぐに戻って、だるそうにソファへ沈み込んでいく。

「そうよね。凪さんはわたしを見に来て、嗤う権利はあるわよね」

皮肉を込めた声だけはまだ力強い。

「はぁ？」

心配して来たんですけど。と、ストレートに言葉を投げるのがなぜだか気恥ずかしくて、わたしは室内を見回した。

「家のもの、盗まれたって聞いたんですけど」

壁や棚の上の装飾は何も変わっていない。簑島隆三が賞状をもらっている記念写真も、映画祭のトロフィーもそのままの位置だ。

その視線に気づいて、嘉世子さんは眉間に指を当てて、くすくすと笑った。

「トロフィーや額？　お金に換えても大した価値のないもの、泥棒が取っていくはずないじゃないの」

「じゃあ、どんなもの」

「隆三さんがわたしにくれた、銀婚式の指輪。ベルリン国際映画祭に行ったときに、おみやげに買ってくれたとても有名なブランドのネックレス。ダイヤモンドが十粒入った時計も、隆三さんにもらったの。そう、わたしは宝石って自分で買うものじゃないと思っていた。主人にもらって、その想い出ごと大切にする。それがわかっているから隆三さんはいくつもいくつも、記念の何かがあるたびに買ってきてくれた。それをね、ごっそり全部持って行っちゃったわね、あの娘は。残されたのはこれだけ」

嘉世子さんは左手の薬指を見せた。

「結婚指輪……ですか」

大きく伸びをして、嘉世子さんは立ち上がってキッチンに行く。間もなくガラスのコップを二つ運んできた。

「麦茶でもいかが。なんだかお湯を沸かすのも面倒で、凝った紅茶を淹れる気はしないのよ。ちなみに、ティファニーのタンブラーのセットも持っていかれたわ」

「華乃さんが本当に……。警察は」

「そう、警察も呼んだわ。あちこち指紋を調べまくってね。華乃以外の指紋は出てこなかった。ティファニーのタンブラーの入っていた棚も、わたしの宝石箱にも。ええ、空っぽの宝石箱は残してくれたの。それも、スウェーデンから隆三さんが持ち帰ってくれた記念の品なのよね。ありがたく思わなきゃね」

どう返事していいのかわからない。ここで話した華乃さんを思い出す。最初、そっけなくて冷たいと思ったけれど、今考えると新巻凪という中学生に関心を持つ理由がひとかけらもなかったのだ。来たときからきっと、狙っていた。嘉世子さんのことを。いろんな指示に、従順に従うそぶりを見せながら。

「女優を舐めたらいけないわよねえ。本当にわたしは馬鹿よね。売れていようがいまいが関係ない。あの子は役者だったのよ。そんな子をうまくコントロールできているように思った自分が甘かったわ。味方だと思って、信頼できると思って。あなたのお父さんにちょっかいを出すのだって、やってくれた。お金でお礼を渡すつもりが、記念の品を何かほしい、と言われて、宝石箱を開けて『好きなのを一つお取りなさい』って言っちゃったのね。お宝がある場所、自分から教えてしまった」

　急に腹が立ってきて、

「それは自業自得ですよね」

　と言ってしまった。

　嘉世子さんがわたしをにらんだ。

「あなたのせいでもあるのよ」

「え」

「あなたがここに来なくなったから、華乃は計画が立てやすくなった」

「ええっ、それは八つ当たりでしょ。来なくなった理由を作ったのは嘉世子さんじゃないですか」

　抗議を無視して、嘉世子さんは続ける。

「盗まれたのは先週の日曜の昼下がりよ。わたしは簑島の事務所に用があって都内にでかけて。ワゴン車がうちの前に停まって、段ボールをトランクに運び入れてるのを、通りすがりの近所の人が目撃してるわ」

「防犯カメラ」

「ええ、ガレージの外にあるわ。もちろん停止ボタンが押されてた。室内のあそこに、操作パネルがあるのよ」

嘉世子さんはピアノの横を指さした。

「警察が見つけてくれるんじゃないですか？　いくら逃げても」

「バックについている人間がいるのよね。間違いなく男。高飛び先まで入念に用意して。つかまったとして、その頃にはすべて売りさばかれてるわね」

そうなのか。警察が犯人をつかまえてくれたら、一件落着するんだと思っていた。品物が戻ってこなければ、嘉世子さんにとっては意味がない。

「あなたが言うように八つ当たりよ。ほんと、そう。因果応報ね。主人を想うあまり、あれこれ悪だくみしていたら、主人の大切なものを失った」

そして両手で頭を押さえる。

「大失態の極みだわ。あの世で、なんて主人に言い訳したらいいのか」

簑島隆三の想い出の品を奪われたから悲しんでいるのか、本当にあの世で怒られると思っているから落ち込んでいるのか、よくわからない。

何しろ同い年の風美花がアメリカで悩んでいたことさえ、まったく察せなかったわたしだ。六十歳か七十歳か八十歳か判断のつかない年配のおばさんの悩みを解決できるはずはない。

そう開き直ったら、胸にかぶさっていた重しが取れた気がした。わたしはカーテン越しに外を見た。

「久しぶりに散歩してきていいですか」

「どうぞ。イモムシはもう少ない季節だけれどね」

その言葉で思い出して、聞いてみた。

「うちのプランターにツマグロヒョウモンがいたんですけど、今日見当たらなくなって」

「ああ、ツマグロはね、驚くほどたくさん歩くわよ。うちのイングリッシュガーデンでも端から端まで、三十分くらいで移動するんじゃないかしら。イモムシ界でも圧倒的な脚力を誇るわね」

少しだけ、前の嘉世子さんに戻った気がした。

「そうなんですか。なんでそんなに歩くんだろう」

「サナギになる場所を探すため。けっこう人工的なところ、好きなのよね。うちの窓枠の下でも見たことあるわ」

「へえ」

もっと話が続くかと思ったけれど、嘉世子さんは、またソファに深く腰を沈めてしまった。

庭に出て、わたしはイングリッシュガーデンを抜けて、雑木林の小道に入った。ガマズミの赤い実を見つけて、覗き込む。前に、嘉世子さんが言っていた。ガマズミの実はいかにも美味しそうだけれど、そのまま食べてもジャムにしてもすっぱくてしょうがないの、と。一つ取って口に入れて、うえぇ、とくちびるを歪めて種を吐き出した。

二ヶ月前よりも明るくなっている気がする。リスが二匹、木の枝から枝へ追いかけっこしていた。そうか、太陽の光が差し込んできているのだ。たくさんの木が葉を落とし、遮るものがなくなったから。

一方、常緑樹のアオキは、緑色の分厚い葉をますます硬くしている。

「うわ」

巨大なクモの巣に引っ掛かりそうになって、わたしはのけぞった。体が硬いせいで、やわらかく背中をしならせることができず、お尻から地面に落ちた。

ジョロウグモが二匹、巣の中央にいる。一匹は巨大で、脚の先まで合わせれば、自分の手のひらの三分の二くらいの長さはある。スマホを近づけてみたけれど、うまく焦点が合わない。さっと逃げられる気がしたけれど、クモはわずかに脚を動かしただけだった。もしかして、死にかけているのかもしれない。

見回すと、あっちの木にも、こっちの枝と枝の間にも、大きなジョロウグモの巣がある。

巣を壊しても、一日でまた張り直すことができる。そう聞いたことがあるけれど、きっとそれは若いクモの話だ。今目の前にいる彼らは、巣を破られたら最後、おそらくもう動けない。

たくさんの仲間のなかで、勝ちぬいてここまで大きくなったけれど、冬を越すことはどうしてもできないのだ。

みんな死んでいってしまう。

「帰ります」

テラスから声をかけると、嘉世子さんはソファから立ち上がらず、右手だけ挙げた。

門を出る頃になって気づいた。

また来週いらっしゃい。

その言葉がほしかった、ということに。

「デビュー曲、クリスマスイブにリリースされるらしいよ！」

昼休み、スマホをこっそりチェックした風美花が教えてくれた。それで、急いで二人、図書室の奥に行って、ホームページをじっくり見た。

よかった。

ジャケット写真がアップされていて、そこには四人とも写っている。

「安心した。ヒカルだけ省かれて、三人になったらどうしようと思ってたんだ」

わたしは本棚にぐにゃりともたれた。何冊かの本が体に押されて、棚の奥に引っ込んだ。それに気づいて引っ張り出していると、風美花が笑った。

「ダメだよ。ヒカルが抜けたら、グループ名が『ＤＵＳ』になっちゃう」

「ダス？　デゥス？　なんか微妙。それはマズいね」

笑ってしまった。

思わず手を合わせる。

「何に祈ってんの？」

と聞かれたけれど、答えなかった。

風美花、戻ってきてくれてありがとう。

そう思っていたのだ。軽音部に入ってしまっても、ＤＵＳＨ部は続いていく。

放課後、わたしは講堂に行った。生徒会役員会の日ではないけれど、副会長の高司先輩に呼び出されていたのだ。

入口の扉を開けると、たくさんの座席の向こう、ステージ上に高司先輩がいた。

「わ！」

思わず声を上げてしまったのは、最初、先輩の陰になって見えなかったが、大きな花瓶があったからだ。

「上がって上がって」

先輩が手招きしている。わたしは小走りで通路を急ぎ、ステージ脇の階段を駆け上がった。

白い縦長の花瓶には、濃いピンク色のストックが三本、それからツツジっぽい白い花と紫色のひかえめな花が活けられている。

「これね、先週金曜日の部活で余ったお花。さっき中三の子たちに活けてもらったの。もっと華やかにしてもいいんだけど、後が続かないと困るしね。どうかな、新巻さんのイメージから言って」

「ピンクと白と紫と、色のバランスが素敵です。これ、ストックですよね。あとの二つはなんていう……」

「ああ、紫はリンドウね。あと、この白いのがアルストロメリア。華道ではよく使う花材なの」

「アルストロメリア、アルストロメリア」

覚えようと思って繰り返した。

「ほんとは、華道部が指導して生徒会のみんなにやってもらうのが、新巻さんのイメージだったんだよね？」

「あ……はい」

「でも、部員たちに話したら、ぜひ自分たちがやりたい、っていうの。ほら、発表の場って、文化祭しかないでしょ。この花瓶を部員たちが毎週交代で担当することになったら、みんなにも見てもらえるし、すごくモチベーション上がるみたいで」

それだと、きれいな花は見られるけれど、わたしは花の名前を覚えられない。

でも、口では別のことを言ってしまう。

「あ、なるほど。いいと思います」

「いい？　よかった」

「華道部のプロフェッショナルな方たちのお花、見られるの楽しみです。先生の講話がつまんないとき、癒してもらえると思います」

ぐふ、と副会長は笑った。

「つまんないときあるもんねー」

「はい」

「まあ、わたしたち全然プロフェッショナルじゃないんだけど」

「でも、普通に花瓶に花を放り込むのと違って、活けてるって感じがします」

花瓶の口をよく見ると、茎が折られて、断面が壁面についていたり、割りばしが見えたり、花の角度を計算しながら活けていることがわかる。

「そうなの。瓶の花って書いて瓶花《へいか》と読むんだけど、これ、けっこうテクニックいるの。こういうふうに、斜めにストックを活けるのって、普通じゃ倒れちゃうでしょ？　そうならないように工夫してあるんだよ」

「へえ！」

「うちの流派は小原《おはら》流っていうんだけど、これは基礎的な『たてるかたち』っていうのでね。主枝は器の横幅プラス高さの二倍以下の長さ、とか細かく決まってるの」

「あ、もっと感覚的なものだと思ってました」

さっきよりも残念になってくる。生徒会のメンバーに、こうやって講義してもらえたら、よかったのに。やりたくない人がいたら、わたしが代わりに毎週活けさせてもらいたい。

でもそれは不可能になってしまったわけで、あきらめなくてはいけない。

また、あきらめるのか？

それでいいのか。

あと三年、退屈だ退屈だと思いながら学校での時間をやり過ごすつもりか？

何か方法は見つけられないのか――。

「あの」

自分でもその先に言うことを決めていない。

「なぁに？」

「あの……華道部に入りたい、って言ったら、ダメですか？」

高司先輩のいかつい顔が、涙でにじんでいく。

別に泣く場面ではないのだが、わたしは無意識のうちに、極度に緊張していたようだった。

「実はさ」

「はい」

中三で入部は難しいと思うの。そんな言葉を待つ。

「同じことを言おうと思ってた」

「え」

「新巻さん、フリーだって聞いてから、華道部入ってくれたらいいのにと思ってて」

「え？　でも半年後にはもう高一で、部活引退するのは高二の秋で……遅すぎるって言われると思って」

「つい一ヶ月前、中三の子、入部したんだよ。バスケ部で足を痛めてマネージャーやってたんだけど、やっぱり別のことやりたいって」

「え！」

「うち、けっこう多いの。他の部活やめてから入る子。あと掛け持ちを始める子もね。上下関係もゆるくてアットホームだから」

「あ、そうなんですか……」

「そんなにお花が好きだったら、もっと早く入ってくれたらよかったのに。いつでもウェルカムだったんだよ？」

顔に似合わず、高司先輩の声はソフトクリームみたいになめらかだ。いまさら気づく。

「いえ……最近、興味を持ったので。虫も好きで」

これは言わなくてもよかったのではないか、ともう一人の自分が冷静さを取り戻して指摘する。

「え、どんな虫？」

高司さんは、笑ってくれた。

「いろいろなんですけど、特にイモムシ」

「あはは、変わってるー」

「もともと、花の名前を知りたかったのも、花を覚えたら、花を食草にしている虫の名前がわかるから」

「新巻さんて面白い」

なぜだかツボに入ったようで、胸を押さえて先輩は笑っている。そして教えてくれた。

「たとえば菊の花からね、たまにヨトウガっていうイモムシが出てきたりするんだよね」

「えー、ヨトウガですか。知らない。見たことないです」

「あんまりかわいくない、もっさりしたイモムシ。毒とかないんだけど、みんな大騒ぎして駆除するのに一苦労しちゃう」

「見たいです。ヨトウガ、うちに連れて帰って育てます」

「ええっ、そんな人が来てくれたら、華道部のヒーローだよ」

「ヒーロー」

体操部では、後輩にバカにされて居心地が悪くなってやめた。部活にはそんな人間関係の不安がある。でも、ヨトウガのイモムシが現れたら、わたしは後輩に頼ってもらえるだろうか。

「じゃあ、入部届、今から書きに部室来て」

「え、今ですか？」

「もちろんだよ。今週の金曜から、部活に来てね」

わたしはストックとアルストロメリアとリンドウを見つめた。それから先輩を追いかけた。普通に歩きたいのに、足が勝手につま先立ちではねてしまうのだった。


土曜日。

朝寝坊したので、おそるおそる階段を下りてリビングに行った。「何時まで寝てるつもりなの」と母から厳しい声が飛ぶ気がして。

しかし入っていくと、母はドライフラワーの選別に熱中していた。

「おはよ」

「あら、おはよう。ご飯、台所に置いてあるから温めて食べて。お父さんは近所に猫を見に行ったの」

「猫?」

「で、わたしは目下、大忙し」

「何やってるの」

社交辞令的に一応尋ねる。正解だったようだ。母は顔を上げて、ンフ、と笑った。

「また依頼があってね、来月頭に自治会館でハーバリウムの講座やるの。今度はクリスマス仕様。華やかなボトルにしないとね」

「それ、なんていう草?」

小さくて丸くて、モフッとしているドライフラワーを指さす。

「ああ、これね。ラグラスっていうの。野うさぎのシッポってことらしいわよ」

「ああ、そんな感じする」

「めずらしいわね。凪がハーバリウムに興味を持つなんて」

「今度、一度習ってみようかな」

「あら」

母はちらっとこちらを見てから、また選別作業を始め、一分ほどで手を止めた。

「紅茶、淹れてあげるわ。自分も飲みたいから」

もしかして喜んでいるのだろうか。

「お花屋さんに花材取り寄せ、追加でお願いしてくる。あとスーパーにも」

紅茶を飲み終わってから、母はでかけた。わたしは食器を片づけてから、庭に出た。平日は忙しくてできなかった、イモムシ捜し。どこへ消えてしまったのか。半ばあきらめながらも、芝生を捜す。

隣の家の庭に入って、サナギになったのかもしれない。そう自分をなぐさめる。

ぐるっと表玄関まで回って、あきらめて家に入ろうとして、わたしは何かがおかしいことに気づいた。

ドアに対する違和感。

いつもと何かが違う。

開ける部分は、金色の装飾錠というものが使われている。家を建てるとき、母と父がどの取っ手を選ぶかで揉めていたので覚えていた。結局選ばれたのは、四本の指でハンドルを持って、親指で押してドアを開けるタイプだ。

その錠の下に、こんな飾り、ついてたっけ。しかも、色が金色というよりも、メタリックなブロンズ色……。

「嘘でしょ？」

思わずつぶやいてしまった。

これ、ツマグロヒョウモンのサナギだ！　よりによってこんな場所を選定してしまったのか。どうすればいいのだろう。そして羽化するのはいつだろう。二週間でちゃんと蝶になるのか。まさか来年の春までこうしているつもりなのか。

自分の部屋に駆けあがって、スマホを手に取った。

「もしもし、嘉世子さん！」

「何、どうかしたの」

説明すると、嘉世子さんはうぷぷ、と笑った。

「面白いわね。ツマグロヒョウモンの行動力にはいつも驚かされてるけれど、玄関のドアにくっつく例は初めて聞いたわ」

「これ、はがして虫かごに入れても大丈夫ですかね」

「よくないわね。ぶら下がってないと、羽化するときに翅を傷つけるからダメね」

「じゃあ……どうしたら」

「今、新巻さんも……つまりお母さんもご在宅なの？」

「いえ、出かけてますけど」

「じゃあ、ちょっと見に行っていいかしら」

「え？」

「すぐに行くわね。帰るのもすぐだからおかまいなくね。あ、ちょうど光が来てるから、一緒にお散歩するわ」

「ええええっ」

「どこ行くって？」

と、電話の向こうで声が聞こえる。

「凪さんの家。ツマグロヒョウモンのサナギが玄関のドアにくっついてるんですって」

「何それサイコー」

まだこちらは会話を続けるつもりだったのに、電話は切れてしまった。

あわてて部屋着を脱ぎ捨てて、セーターを着ては脱ぎ、また別のセーターを着ては脱いだ。ヒカルも来るっていうのに何着ればいいの？　クローゼットを引っ搔き回して、ベッドの上に何枚も洋服を重ね、やっと決めた。下はジーパンを穿きかけてからデニムのスカートに替える。

玄関の外に戻って待機していると、道の向こうから声がひびいてきた。

ヒカルの話し声、そして嘉世子さんの笑い声。

「ここでーす」

手を振って、門のところまで行くと、

「もちろんお宅の場所はよく知っているわよ」

と、嘉世子さんは二階を見上げた。まずい。ベランダに干してある洗濯物を取り入れておくべきだった……。

ヒカルは、野球帽に、黒地に白で「ＢＡＳＥＢＡＬＬ」と書かれたトレーナーを着ている。オーラを消して野球少年っぽく見せているけれど、通りすがりの人にバレないだろうか。気になる。

あれこれ考え事をしていたら、嘉世子さんに催促された。

「で、あのドアなの？」

「あ、はい」

門から玄関の扉まで、ほんの二、三メートルの距離ではあるが、わたしは先導した。

「これです、これ」

装飾錠の下を見せた。

「わーっ、本当だ。なんでこんなところにサナギ」

ヒカルが笑い転げる。でも、嘉世子さんは真顔でうなずいている。

「いい場所よ。だって、雨が降らないでしょ。上に屋根があるもの。人目につきさえしなければ」

「人目についちゃったんですけど……。これ、二週間くらいで羽化しますかねえ」

「もう十一月でしょ？　微妙よね。もしかしたら羽化するかもしれないけど。ツマグロヒョウモンは幼虫の状態で冬を越せるから」

「え、そうなんですか？」

「気温が五度くらいでも耐えられるんだって。何もエサがなくても、数ヶ月耐えられるそうだし」

「さすが赤と黒のデビルイモムシ、つえーな！」

と感心しながら、ヒカルはサナギを覗き込む。

「でも来年の春に羽化する可能性も高いかもしれないな」

ブロンズ色のサナギの下部には十個の突起がある。それが一つ一つ、金色にきらきら光っている。真新しい五円玉よりもまぶしい光を、サナギが放っているのだ。だからこそ、装飾錠の一部に見間違えてしまうわけだった。

「ばーちゃん、最近サボってるけど、うちの庭にもツマグロいるんじゃね？」

「そうね、探さなきゃね」

二人が話しているので、聞いてみた。

「土曜だけど、わたしも今からお庭お邪魔していいですか」

ヒカルにも伝えたいことがあった。ネットの誹謗中傷なんて、気にしない方がいいですよ、と。わたしの親友も「ＤＵＳＨ」をめちゃくちゃ応援してますから、と。

「いいわよ、すぐ出かけられるなら、待ってるわよ？」

「あ、はい。じゃあ、戸締りして、鍵持ってきます」

そう言って、ドアを開けかけたわたしは、車が近づいてくる音を聞いて固まった。

デジャヴだ。

これと同じ光景を知っている。なぜ予測できなかったのか。学習能力のない自分に愕然《がくぜん》とする。

母が帰ってきてしまった！

門の前のスペースに、いつも通り車を無造作に停めて、こちらを見て首をかしげながら、運転席のドアを開けている。

まずい、逃げて！

母に言いたかった。「新巻さん」と名前を呼ぶことすら不快だと思っている嘉世子さんがここにいる。逆ギレしたらどうしよう。言い争いになって、母が「こんなもの！」とツマグロヒョウモンをドアからむしりとったらどうしよう。いや、母が虫に触れることはないから、それは大丈夫か。

とにかくもう考えている時間はなかった。

「あの、うちの母です」

わたしは嘉世子さんにおそるおそる告げた。そして怪訝な顔をしながら車のそばに立ちつくしている母に近づいた。

「あの、いつもお邪魔して、お世話になってる簑島嘉世子さん」

そういえば二人は直接会ったことがあるんだな、と紹介してから思い出す。

「なんで？　ここに」

「ツマグロヒョウモン、いなくなったでしょ。あれが玄関のドアにくっついてたの。それを見てもらいに」

「玄関に、あのイモムシが？」

「もうサナギになってるけど……」

意外にも母は、嘉世子さんよりもイモムシへの関心の方が高いようだった。

「ほら、あそこ」

まさか、さっきと同じように母を先導して、ドアの前まで連れて行くことになろうとは。

「これ」

装飾錠の下を見せると、

「わっ」

母は、両手で口を押さえて見つめている。「気持ち悪い」とか「駆除して」とかそんな言葉は、お願いだから呑みこんでほしい。

「お嫌いなんでしょう？　虫」

嘉世子さんが先回りする。母は深く、二度、三度、うなずいた。

うなずくなーっ、とわたしは心のなかで叫ぶ。

「でも……これ、古代エジプトの、ピラミッドに眠っている王族の棺みたいな」

母が必死に言葉を選んでいることに気づいて、わたしは全力で相槌を打つ。

「ああ、うん、そうだね！」

「神秘的だと思います」

「あら」

嘉世子さんも意外だったようで、母の顔をまじまじと見ている。

「虫とか、お嫌いかと思ってたわ」

「ええ、そうなんですけど……娘にツマグロヒョウモンというイモムシの名前を教えられて、毒がないって聞かされて、そうするとわずかに、わずかですけど、かわいいかなと思えてきて。まったく形は違いますけど、本当にあの子なんですよね？　このサナギ」

「そうだと思いますよ。てくてく歩いて、ここを選んだんだと思います」

「ドアを開け閉めしちゃって大丈夫かしら」

「たぶん、平気だと思います。上の一ヶ所でぶら下がってるんですけど、意外と丈夫なんですよ」

母と嘉世子さんが、虫について会話している。わたしの目は限界まで見開かれていたらしい。その顔のままヒカルの方を向いたら、彼がマネして目を剝《む》いた。

「あの……よかったら、なかでお茶でもいかがですか」

まさか母がそんなことを言いだすとは思わなかった。

「あら、よろしいんですの？」

嘉世子さんがオッケーするとも思わなかった。

「おまえの部屋の壁にサインしてやるよ」

ヒカルが言うので、わたしは丁重に断った。ベッドに服を積み上げたままなのを思い出したのだ。

「角屋ケーキ店で、エクレアを買ってきてるので。そんなものしかないんですけど」

そう言いながら、母はドアを開ける。前にも父と、ここのエクレアをお土産に持っていった。よほど角屋びいきだと思われるだろうか。事実そうなのだけれど。

ツマグロヒョウモンは、みんなの熱視線からようやく解放されて、装飾錠の一部に戻った。

リビングのソファに、嘉世子さんとヒカルが並んで座る。

あり得ない光景だ。

母が紅茶を淹れて、エクレアを出す。わたしは、車のトランクからスーパーの買い物袋を運び入れ、冷蔵庫に収納するなど、自分にやれることは全力でやった。

「あら、これ、ハーバリウムっていうのでしたっけ」

窓辺に並んだガラスのボトルを、嘉世子さんが見に行く。

「ドライフラワーをこういうふうに入れるのね。素敵だわね」

その言葉に嫌味はない。母が頬を赤らめる。

「死んだ植物、っていう言い方もおかしいですけれど、そういうものにご興味ないかと思ってました」

「植物も昆虫も好きですけれどね。生かすも殺すも、いろいろあっていいと思ってます。主人は昆虫の標本を作るのが好きでしたし、わたしも居間に切り花を飾りますしね」

「ああ、はい」

「ただ、名前も存在も無視するのは、人間の傲慢ではないかと思うんですよ。植物の名前を知る、虫の名前を知る。それだけで変わる。凪さんは、そういうことを大切にしている、とてもいいお子さんです」

「はい」

お説教されている気がしているのか、母はうなだれる。わたしはどのタイミングで会話に割り込んで話題を変えようか、探っていた。ヒカルはのんきにエクレアを頬張っている。

「よかったら、ハーバリウム、教えてもらうこと、できます？」

嘉世子さんが突然言いだして、わたしと母はそろって、

「えっ」

とまばたきを繰り返した。先に反応したのは母だ。

「よかったら、今すぐにでも」

「あら、今すぐ？」

「材料は用意してあるんです。来月の講座の準備をしようと思って」

「まあ、まあ、じゃあ、こういうボトルを作って、今日持ち帰れるのね」

「もしよろしければ」

「嬉しいわ」

「ではさっそく」

食卓の上にあったレシピ本を片づけて、母は準備に取り掛かる。

ぼうっと見ていたわたしは、ヒカルがいつの間にかいなくなっていることに気づいた。トイレかな。それとも、また表のツマグロヒョウモンを見ているのかしら。

紅茶のお代わりがほしいか聞こうと思って、捜しに行くと、トイレのドアは開いているし、玄関に靴もある。もしやと思って、階段を上る。

「ちょっと！」

なんとわたしの部屋に入り込んで、机の上をチェックしているではないか。振り返ったヒカルはまったく悪びれていなくて、むしろダメ出ししてくる。

「整理整頓がなってない」

「人が来るなんて、思ってないもん！」

「おれの写真を壁一面に貼りましょうよ」

「落ち着かないじゃないですか」

いや、そんなことより、話したいことは別にある。

「あの……デビュー会見、見たんですけど」

「ああ、はいはい～」

「なんか、大変だったみたいで」

「ご心配どうも。けどあれ、おれの陰謀だからね」

「陰謀？」

「ここだけの話。ほんとーにここだけの話ですよ？」

「え、あ、はい」

開けっ放しだったドアを閉めた。

「あの噂を流したのもおれだし、昔の写真をネットに流したのもおれ」

「なんのために！」

「ヒロキって友達がいるんだよ。顔の手術する前だから七歳の頃、おんなじ乳児血管腫で、病院で仲良くなったんだ。そいつは手術しなかったの。顔じゃなくて腹だったから、だんだん小さくなるって言われて」

ヒカルは椅子に腰かけた。

「で、七年たって、そいつに誘われて事務所のオーディション受けたわけ。そいつ、すげえカッコいいわけよ」

「へえ……」

「なのにおれは受かって、ヒロキは落ちた。理由を聞いたら、スタッフがこっそり教えてくれたんだ。血管腫が原因だよ。アイドルだったら、上半身脱ぐこともあって、そしたら腹の血管腫の名残が目立つから、って。小さくなっても、完全には消えなかったんだ」

わたしはうなずきながら、続きをまった。

「手術して、痕跡を消したおれは合格して、そのまま残していたら落とされる。おかしーだろ！　って思ってさ。ヒロキは別に落ち込んでなかったけど。そんな必死にアイドルになりたいわけじゃなくて、冷やかしだからさ。けど、そういうことで否定されるって腹立つだろ？　だから復讐してやるって決めたんだ」

「復讐……？」

「デビュー会見で、おれの傷を明らかにする。まっさらな、傷のないおれを選んだつもりがそうじゃありませんでした。事務所ざまあ」

ああそうか。わたしは納得する。「恨み」を晴らさずにはいられない家系なのだ。嘉世子さんに似て、ヒカルも。

「それは……理由がちゃんとある決意だけど、他のメンバーに迷惑とか……」

「まあね。けど、デビューはどっちにしろなかったことにはならないじゃん。おれ、簑島隆三の孫だから、事務所も排除はできないっすよ」

「確信犯」

「へへ。社長とか、困惑してたけど、二ヶ月遅れで曲も始動するしさ」

「すっごく心配してたのに」

「ふふーん、すまんね」

「これで恨みは晴らしたの？　完了？」

「まあねー。でも今からは自由にやらせてもらうぜ。虫好きなことはともかく、蛾屋ってことは絶対秘密にしろって言われたけどさ。年末のラジオの生番組で言ってやるんだ。へっへー」

「あ……そういえばわたし」

「何？」

頼むから、引き出しを勝手に開けないでほしい。一番下の段には、ヒカルの雑誌記事を切り抜いたファイルが入っているのだ。

「わたしも蛾屋になろうかと思って」

「ほぉ〜、いい心がけじゃん。なんで」

「蛾の方が種類多いし。それに、ブロッコリーのコナガがかわいかった」

「よーし、じゃあ、おれの弟子ってわけだな。蛾屋入りを祝って、なんか一つキミの願い事をかなえて進ぜよう」

「え」

何を言うべきなのだろう。

一緒に写真を撮って。

教科書にサインして。

いろいろ頭をよぎったけれど、わたしは答えた。

「メンバーの大吾くん」

「あ？　おれじゃなくて大吾かよ」

「友達が大ファンなの。風美花っていうかわいい子。色紙でもなんでもいいから、サインもらってくれないかな」

「けーっ、チラシの裏にもらってやるわ」

「チラシじゃなくて！」

いつか、風美花と一緒にライブに行きたいなぁ。わたしはペンライトを振っている自分を頭に思い浮かべた。

# 十二月

冬は花が少ないと思っていたけれど、そうでもない。嘉世子さんのイングリッシュガーデンには、パンジー、ビオラ、マーガレットが咲き乱れていた。

一株ずつじっと確認していったけれど、ツマグロヒョウモンは見つからない。

クリスマスは来週に近づいているが、クリスマスローズの開花はまだ少し先らしい。葉は青々として大きく生長している。嘉世子さんが言うには、この花はしおらしく可愛く見えて、実はたくましいそうだ。いつの間にか雑木林のなかでも野生化して、勝手に増えているのだという。

嘉世子さんが家から出てきた。水色のセーターにジーパン。こういうカジュアルな服を着ているのを見るのは久しぶりだ。

今のところ、華乃さんの行方はまだつかめていない。どうやらフィリピンに逃げたらしい、という噂がある。わたしからは、もう二度と華乃さんの名前は口にしないと決めていた。わたしを無視し続けたあの人。こっちも無視してやる。

嘉世子さんには先月からまた毎週、家へいらっしゃい、と誘ってもらってはいたのだが、二期制の学校ゆえ、この時期に中間試験があったのだった。

ちなみに今日、ヒカルは年末の番組の収録だそうだ。

「えへへー、黒いセーターを着てきちゃいました。久しぶりに」

わたしは、胸を突き出して服を強調して見せた。

「ああ、そうそう。スズメバチがいないものね。春までは」

「はい、そう思って」

「何かしら？　セーターに短い毛がいっぱいくっついてるわよ？」

「ああ」

わたしは袖の茶色い毛をはらった。

「猫が来たので」

「まあ、ほんとに来たのね」

先月、自治会館の前に四匹の猫が捨てられていた。段ボールのなかでみゃぁみゃぁ鳴いていたのを、自治会長の広瀬さんが見つけたのだという。

猫が礼儀作法をわきまえるまで兄弟で育ててから渡すから一匹受け取ってお願い、と広瀬さんに強く頼まれ、見に行った父が「かわいいかわいい」を連呼したことから、ついに母は折れて、我が家に茶トラが来たのだった。

「お母さん、生きもの苦手なんでしょ？　うまくやれてるの？」

「猫が来てから、一度もゴキブリもクモも見なくなった、って喜んでました」

「虫嫌いは変わらないのね」

「でも、ツマグロヒョウモンのために、ドアの開け閉めは、バタンバタンやらないように注意してますよ、お母さんも」

「そう」

嘉世子さんは微笑んだ。

「さ、雑木林に行きましょうか。虫を探しに」

歩きだす彼女を、わたしは追いかけた。

林の地面は分厚い。落葉樹の葉が積もったせいだ。赤や茶色の葉っぱはやわらかくて、靴底に優しく当たる。

昼下がりの日差しは、ここ数日のなかでは暖かい。夏はあった木陰が今はかなり消えて、顔まで太陽に照らされる。

「虫、やっぱりいないですね」

わたしが言うと、嘉世子さんは首を振った。

「いないわけ、ないじゃないの。春になって、急に湧いてくるのとは違う。虫は一年中ここにいるのよ。ただ、今はわたしたちがうまく見つけられないだけ」

「あ……そうか」

言われてみれば当たり前のことなのに、気づかなかった。

ツマグロヒョウモンが今、サナギでいるように、虫たちは冬の間、それぞれ工夫を凝らして寒さをしのぐ。

どこかへ消えて、また現れるわけではない。

「ほら、見てごらんなさい、ここ」

大島桜の太い幹を、嘉世子さんが指差す。

「え」

近づくと、幹には窪みがあって、そこにたくさんの虫が群がっていた。

「わ……何これ」

カメムシのようだ。赤と白が模様に入っているけれど、全体に黒くていかつい。それが少なく見積もっても二十匹はいる。

「ヨコヅナサシガメっていうカメムシね。これは終齢幼虫。春まで集団越冬するのよ」

嘉世子さん、よく見つけたなと思う。幹は表面がごわごわと盛り上がっていて、この虫たちをうまく隠している。

「よし、わたしも」

「そうよ。昆虫研究家のなかには、冬の虫探しこそ一番面白いっていう人もいるんだから」

いったん張り切ったものの、その意見には同意できなかった。やはり何もいない。何年も前に倒れた木の枝が朽木になっていて、それを割ってみたら、白っぽい幼虫がいたけれど、何なのか特定できなかった。カミキリムシかもしれない。

指先が冷えてきたし、そろそろリタイア、と口にしかかったところで、嘉世子さんが、

「さあ、そうしたらイモムシ探しをしましょうか」

と言いだすから、

「ええっ」

と天を仰いでしまった。

「ササの葉を探してごらんなさい。幼虫のままで越冬しているイモムシが、見つかるかもしれないわよ」

ササなら雑木林の奥、フェンスの近くに群生している。ゆるやかな斜面を下って、奥に行った。

しゃがんで葉をチェックする。

「あれ？」

葉が、ハサミで一部切り取られたように、不自然な形になっている。もしかして、幼虫が食べたのではないだろうか。一枚一枚、葉裏をめくって確かめてみる。

「ああっ」

わたしは叫んだ。

「猫！　猫の形をしてるイモムシ」

自分の目がおかしくなったのかと思った。家に猫が来たから、かわいがりすぎて、イモムシの顔までそんなふうに見えるようになったのかと。

けれど、見間違いではなかった。

嘉世子さんが小走りに近づいてくる。

「ああ、猫の顔したイモムシね。それはヒカゲチョウだわ」

さらりと正解を教えてくれた。

「かわいい……あり得ない」

顔も胴体も緑色だ。すらっと長い胴は、グラニュー糖をまぶしたみたいに、少し白っぽい。そして、頭部は桃のように丸みを帯びた下ぶくれの形で、てっぺんに同じく緑色の角が二本あるのだ。いや、角というよりも、まさに猫の耳だ。

「せっかくだからホームステイさせましょうか」

「わー、イモムシ部は、春までお休みになるのかと思ってました」

「いいえ、年中無休の部活よ」

放置していた卒論、再開しなくては。

ササの葉を、嘉世子さんのハサミを借りて切って、わたしは空にかざした。

グラニュー糖に日差しがあたって、甘く溶けているように見えた。

## 主な参考文献

『イモムシハンドブック』『イモムシハンドブック　2』　安田　守／高橋真弓・中島秀雄　監修（文一総合出版）
『イモムシハンドブック　3』安田　守／高橋真弓・中島秀雄・四方圭一郎　監修（文一総合出版）
『昆虫の食草・食樹ハンドブック』　森上信夫・林　将之（文一総合出版）
『観察する目が変わる昆虫学入門』　野村昌史（ベレ出版）
『昆虫はすごい』　丸山宗利（光文社）
『昆虫はもっとすごい』　丸山宗利・養老孟司・中瀬悠太（光文社）

この作品は書下ろしです。

**吉野万理子**（よしの・まりこ）
1970年生まれ。神奈川県出身。作家、脚本家。上智大学文学部卒業。新聞社、出版社勤務を経て、2005年、「秋の大三角」で第1回新潮エンターテインメント新人賞を受賞。『劇団6年2組』『ひみつの校庭』（どちらも学研プラス）でうつのみやこども賞受賞。
脚本では、ラジオドラマ『73年前の紙風船』で第73回文化庁芸術祭優秀賞を受賞。

# イモムシ偏《へん》愛《あい》記《き》

2019年9月30日　初版1刷発行

著　者　吉野万理子《よしのまりこ》
発行者　鈴木広和
発行所　株式会社 光文社
〒112-8011　東京都文京区音羽1-16-6
電話　編　集　部　03-5395-8254
書籍販売部　03-5395-8116
業　務　部　03-5395-8125
URL　光　文　社　https://www.kobunsha.com/

組　版　萩原印刷
印刷所　新藤慶昌堂
製本所　榎本製本

落丁・乱丁本は業務部へご連絡くだされば、お取り替えいたします。

R ＜日本複製権センター委託出版物＞
本書の無断複写複製（コピー）は著作権法上での例外を除き禁じられています。本書をコピーされる場合は、そのつど事前に、日本複製権センター（☎03-3401-2382、e-mail:jrrc_info@jrrc.or.jp）の許諾を得てください。

本書の電子化は私的使用に限り、著作権法上認められています。
ただし代行業者等の第三者による電子データ化及び電子書籍化は、いかなる場合も認められておりません。

©Yoshino Mariko 2019 Printed in Japan
ISBN978-4-334-91308-3